JN206253

屍春期
（しゅんき）

～先生と生徒の奇怪な体験～

六幻地蔵 著

彩図社

はじめに

僕は大阪で、個別指導の学習塾を経営している。個別指導塾の講師というものは、ただ勉強を教えればいいわけではなく、生徒とのコミュニケーションが何よりも大事である。気軽に話せる環境でないと心を開かず、簡単な質問すらできない生徒もいるからだ。

わからないことは悪いことではない。それを生徒に気づいてもらうには、まず僕ら講師が歩みよることが大事である。

そんな時、僕は生徒に、過去に見聞きした不思議な出来事を話した。

僕は幼い頃から不思議なことが好きだった。別に心霊に限ったことだけではない。幽霊、超古代文明、宇宙、異世界、UMA、宗教、哲学から遺伝子技術まで、不思議とさえ名がつけばどんな本でも読み漁り、自分なりにそれはどんな意味があるのだろうと想像を膨らませた。今思えば、若いころに僕がオカルトに夢中になったのは、僕自身が体験した不思議な出来事の意味を知りたい、という願望もあったのかもしれない。

はじめに

僕の話を聞くと、多くの生徒たちは怖がりながらも強く興味を示した。今も昔も、子どもというものは神秘、幻想に憧れ、性別、趣味を問わず、それに聞き入るようだ。

話を聞いた生徒の中には、返礼として「怖い話」を僕に教えてくれる子もいた。オカルトの知識で説明がつく場合が多かったが、どう考えても腑に落ちない、妙な話も時には聞いた。そんなとき、生徒に頼まれて不思議な話の真相を探ろうとしたこともあったし、逆に生徒の助けを借りて窮地を脱したこともあった。

この本にはそうした……彼らと僕の体験を元に創作した話を載せている。創作といっても、多くの話は実際に起きた出来事がベースになっている。奇妙な経験に刺激を受けて考えた話もあれば、事実をほとんどそのまま紹介した話もある。いずれの元ネタも、思いすごしだと納得しようとしても、不思議に忘れられないものばかりだ。

そんな思い入れのある話を読者の皆さんにも楽しんでいただけたら、筆者としてはうれしい限りである。

六幻地蔵（むげんじぞう）

屍春期

先生と生徒の奇怪な体験

目次

狐狗狸（こくり）

金曜日の午後四時頃。まだ授業自体は始まっていなかったが、いつものように、僕は一人で塾の準備や内部的な仕事をしていた。静かな午後だった。しかしその静けさは、突然、勢いよくドアが開けられたことで、唐突に終わった。

「先生！」

飛び込むように、血相を変えた二人の女子生徒が走り寄ってきた。ムッとする獣の臭い。

「なんやなんや！　どうしてん！」

勢いよく開かれたドアの音に驚いた僕は、息も切れぎれ、むせびながら尋ねた。

「聞いて！」

叫ぶようにそう言った二人のうち、いつもクールな美穂のほうが、その時には余裕のない顔をしていた。

彼女たちは、学校の昼休みにあまり使われていない旧校舎で、何人かのクラスメイトとともに、コックリさんをしたらしい。最初はなんの変哲もなく十円玉が動くことはなかった。しかし遠巻きにそれを見ながら参加していなかった美穂が、十円玉に指を置くと同時に、旧校舎中に非常ベルが鳴り響いた。不意に鳴った非常ベルに驚いた皆は、とっさに指を離したが、それはただの偶然ということで納得し、コックリさんを再開した。ただ美穂は驚かされた余韻のせいか、参加をせずに、また遠巻きにそれを観覧していた。十円玉は動かない。皆がなんの変化も示さないそれに飽きてきた頃に、また美穂が参加した。そして彼女が十円玉に指を置いた瞬間、再び非常ベルが鳴った。

　完全にパニックに陥ったのは彼女だけでなく、そこにいた皆が激しく狼狽した。その時、その場にいたもう一人の塾生、珠理（じゅり）が、そのコックリさんに使用していた紙を破き、窓からばらまいた。その瞬間、空は雲一つない快晴だったのに雨が降った。ほんの五分ほどの間だが、その旧校舎と校庭だけを囲むように、確かに雨が降ったのだ……。

　その直後、不安を抱えた子どもたちは職員室へ急ぎ、非常ベルがなぜ作動したのかについて尋ねると、意外な、そして聞きたくないような回答が返ってきた。不意に二度も鳴った非常ベル。教師たちがその機械の基盤を調べたところ、鳴った形跡すら残っていなかった。つまりそれは鳴っていないという。しかし教師たちも校庭で遊んでいた者たちも皆、確かにその音を聞いていた。

「機械の調子が悪いんだろうな。形跡がないってことはイタズラでもないしな」

と軽く言って愛想笑いする教師たち。しかし、彼女たちは笑えなかった。そのタイミングのよさ……、まるで自分たちが、何かを喚んでしまったようで……。放課後になっても美穂の不安はおさまらず、塾で、いつも怖い話ばかりをする僕に、助けを求め塾の扉を叩いた、というわけだ。

「なるほどな」

二人の必死な形相を見ると、いつものようにからかって脅かすことなどできなかった。何よりも、先刻、一瞬感じた獣の臭いは何だ？

現代科学では、コックリさんは自己暗示であることがわかっている。自分で自分を殺してしまうほどに強力な……。だからそれは催眠術みたいなものであり、ただの偶然が重なっただけで、霊的なものではないから安心するようにと彼女には話した。そして、自己暗示で死んでしまう可能性があるコックリさんをしてはいけないと伝え、それでも不安なら僕にそれを渡しなさい、と伝えた。

霊に憑かれている人間が「お譲りします」、そして貰い受けるほうが「はい、いただきました」。この簡単な儀式で霊的なものは移るという。とりあえず僕はその言葉を彼女たちに言わせ、もう大丈夫だ、と言うと、そんなモノよりも二週間後に控えた期末テストのほうが怖い、と伝え、彼女たちに臨時の宿題を持たせて帰らせた。

彼女たちには言わなかったが、確かにコックリさんは自己暗示としての危険性が高い。しかし古くから続く降霊法でもある。正式な手順を踏んで行うのなら、望むものが来るらしいが、十円玉を使うような簡略化されたものでは、何かが来たとしても神の名を騙るだけの質の悪い低級霊が呼び出され、しかもそれは絶対に帰ってくれないらしい。

そういえばコックリは「弧(きつね)」「狗(いぬ)」「狸(たぬき)」の漢字を使って「狐狗狸(こくり)」と書くと聞いたことがある。昔から魔力を持つ獣の霊を呼ぶ業なのか？　そういえば天気雨は「狐の嫁入り」とも言う。彼女らが塾の扉を開けた時に感じた獣の臭い……、彼女らに起こったことは本当に自己暗示なのか？　いや自己暗示なら当人以外に物理的な事象は起こり得ない。非常ベル、天気雨、本当に偶然なのだろうか……。

その日の夜からしばらく、飼い猫たちが僕に近づかなくなった。その翌日の朝、起きると僕の右手の薬指が曲がったまま伸びなくなっていた。病院に行くと、使いすぎが原因の「バネ指」と診断されたが、指をそれほど使った記憶はなかった。その次の日、今度は左手の薬指が腫れて伸びなくなった。病院に行く暇もなかったので放っておいたら、今度は右腕が上がらなくなった。

彼女たちの話を聞いてから約二週間後、血便が出た。かなりの量で面食らった僕は、すぐに病院へ行ったが原因不明だった。その当時、僕は毎日かなり疲れていた。原因不明の熱が毎日三十七度後半、目眩がしたり、まっすぐ歩くことが困難なほどだった。病院に入院する勢いだったが、ちょうど高校入試前だったので塾を休むわけにはいかなかった。

仕事終わりの土曜日の夜、僕は死んだように眠っていた。久しぶりに猫が僕の部屋に来て、どうやらタンスの上から僕の胸の上に飛び降りてきたらしい。衝撃と痛みで僕が目を覚ますと、胸の上の猫が僕を見ている。そしてそのまま僕の顔を見て唸った。いやよく見ると、僕の枕の上を見ている。その時に僕はやっと解った。

そうか、何かが憑いているのか。それならそれで考えがある……。

一日中寝る予定だった翌日の休みにすることが決まった。

翌日、僕は山に出かけた。毎年正月にはかかさずに訪れている山だ。その山の頂上付近にはお寺があり、中腹には六地蔵と呼ばれる地蔵がある。その地蔵たちはあまりに古いものらしく、六体のうち、三体の首が落ちてなくなってしまっていた。また背の高い竹林に囲まれ昼でも薄暗く、枯れ葉などに埋もれて、一見するとかなり不気味だ。それと対照的に、山頂のお寺近くの地蔵は、綺麗に赤い服まで着せてもらっていた。

昔、僕はその山を登った時に、その地蔵たちのあまりの待遇の違いに悲しくなり、

「お地蔵さんはお地蔵さん。首がなくても、お地蔵さん」

などと言いながら、訪れる度に一時間ほど、その六地蔵周辺の掃除をしていた。その頃あたりから、ことあるごとにその地蔵たちが助けてくれるようになった。首のない影だけが壁に映ったりすると、かなり不気味なのだが……。

つまり僕は地蔵に助けを求め、会いにいったのだ。体調は最悪で山に登るのは大変だった。頭痛

と吐き気、目眩が酷く、断念しようかと思ったが、どうしても行かないといけないと思う気持ちが強かった。辿り着いた地蔵の前に座り込み、手を合わせた。そして今の状況を伝えて、助けを求めてみた。しかしやはり返事があるわけもなく、冬山の寒さも手伝ってその場を去ることにした。地蔵に背を向け、竹林の出口付近に来たとき、後ろから、

「シャン」

という金属が鳴るような大きな音がした。急な斜面にいた僕はその音に驚いた拍子に尻餅(しりもち)をついてしまった。

なんだ、今のは……？　と振り向いても何もない。しかしそれは確かに地蔵の方向から聞こえた。僕はそのまま、それ以上、振り返らずに家路についた。家に帰り、決してよくない体調を考慮してすぐに寝た。ふと夜中に目が覚めてあることに気がついた。なぜか僕の指が伸びるようになっていて、また昔のように猫が一緒に寝ていた。体が軽い。熱を測ると三十六度後半まで下がっていて、食欲も出ていた。もう一度、地蔵を思って手を合わせた。その日から僕の体調は回復に向かい、今の僕がいる。

本当にコックリさんで何かが来たのかどうかはわからない。コックリさんは関係ないのかもしれない。しかし地蔵に頼ったその日から僕の体調が回復に向かったことは事実であり、またその日を境に猫たちが、再びともに寝るようになったことも事実である。

墓場

僕は健康のために、家から塾まで徒歩で一時間ほどかけて通っていた時期がある。仕事柄、そうでなくとも帰るのが夜遅くなるのに、時間がおしたりすると、家に着く時間が午前二時頃になることもざらにあった。僕はもともと夜型なので眠くなったりはしないのだが、夜遅くに歩いていると、奇妙なものを見ることがよくあった。

僕は酷い方向音痴であるくせに好奇心は旺盛で、その日も普段とは違う道を通って帰ることにした。大通りから細道に入り、自分の家の方向に向かって歩く。道がなくなるのでは……、という不安とともに街灯は減ってゆき、また道もどんどん狭くなり、アスファルトから土道に変わっていった。古い木造建築の日本家屋に挟まれるように、少し坂になっている道を登ったところで急に道が開け広場のような場所に出た。公園かな、と思った時、その暗がりの広場に何人もの人影が見えた。

こんな夜中に、不良学生たちか？

と思い、絡まれるのも面倒なので、僕は少し足を止めて様子を窺った。どうやら十人以上もいるようだが何か様子がおかしい。全員が手を広げて立ったまま、全く動こうとしない。ただ、何を言っているのかはわからないがボソボソと会話が聞こえる。僕は少し彼らに興味が湧いた。

ひょっとしてチャネリングでもしてるんじゃないのか……。チャネリング……、確かＵＦＯと交信する方法がこれと似ていたはずだ。

広場に入る入口あたりは木造家屋の門に挟まれるようになっている。それらはかなり古く、錆びついていて、一目でガタが来ていることがわかる。その脇で僕は少し足を止めて彼らを見ていた。と、その時、その門の下方、階段状になっているところの灯りもない場所で、たった一人、寝間着姿の老女が座っているのが目に入った。

全く気がつかなかった。いつからいたのか、そもそも最初からいたのかもわからない。それほどにその老女からは、気配、音すら感じなかった。僕はそれに気がついた時、後ずさり、小さな声を上げたにもかかわらず、彼女は微動だにすることもなく、座ったまま広場のほうを向いている。暑さとは別の嫌な汗が出てきた……。僕は焦り、その場所から元来た方向へと逃げ出した。逃げ出す途中に一度、広場を振り返ると人影はなくなっていたように見えた。逃げ下る道の途中、暗く細い道で、飛び出し注意の子どもの看板が見えた。足早に大通りまで辿り着き、やっと僕は一息ついた。頭を冷やして考えてみると、あの老女はただの夕涼みに玄関に出ていたのだろうと思えた。あの人影群は謎だが……。

翌日、夜十時過ぎに仕事が終わったので、僕はもう一度その場所を確認してみることにした。先日の細い道、子どもの看板を確認しながら、僕はあの広場に辿り着いた。先日は曇っていたからか、より遅い時間だったからか、もっと暗かったように思えたが、今度は色々とよく見えた。老女が座っていた家は明らかに廃屋で、その錆びついた鉄門には工場現場でよく見る黄色と黒のロープが張られ、そこに腰を下ろすことは困難であろうということ、広場と思っていたのは実は小さな墓場であったこと、そして人影があった場所には細長い墓石が、ポツポツと点在していたということまでしっかりと見えた。

また嫌な汗が出てきた……。昨日見たものは気のせいだ。そう思いたかったが、不気味な老婆、確かに手を広げて立っていた人影たち、ボソボソと言う声、それらが僕の脳裏に鮮明すぎるほど刻みこまれていた。僕はまた逃げ出した。これで二度目だ。先日と同じ細い道を急ぎ足で降りている途中、子どもの看板が目に入った。そこで覚えた違和感……。すぐに違和感の正体は判明した。

飛び出し注意の看板、一体何に向けて注意を促している？

軽自動車も通れないであろう細道、しかも一本道なので、飛び出せる側道すら見当たらない。僕は駆け足になった。あまりそこに長居してはいけない気がして……。

大通りに着いた僕は息が切れ、そして汗もだくだくだったが、行き交う車のヘッドライトを見て、これほど安心できたのは生まれて初めてだったかもしれない。

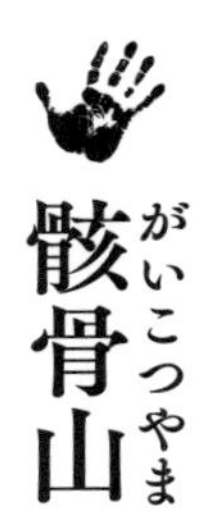

骸骨山（がいこつやま）

僕の家の近くには「骸骨山（がいこつやま）」と呼ばれる小さな山、公園がある。本当の名前は別にあるのだが、幼児から高齢者まで皆が皆、そう呼ぶ。僕が幼い頃は「上からみると頭蓋骨にみえる」だの「戦時中は病院だった」だの「山には防空壕があった」だのという、様々な噂があった。ちなみにこれらの噂は全て事実だった。

僕が大学生の頃のある寝苦しい夜だ。具体的に何かはわからないが、何かが妙な夜だった。僕は二階にある自室の窓の外が気になり、ブラインドを上げた。

骸骨山が妙だ……。

夜中なのに鳥たちが飛び、鳴いている。それ以外に木々のざわめき、葉の擦れる音、何かが普段とは違う。何よりも山が真っ黒に見えた。僕はその時、地震でもくるのかな、と思ったことを覚えている。それほど何かが妙だった。

そんな不安を押し殺して、僕は寝床についた。僕はすぐに眠りについたが、なぜか少しして目が覚めた。すると真夜中のはずなのに、部屋がセピア色で体が動かない。俗にいう金縛りだ。その時、僕は、これが金縛りか……本当に動かないな……。でも目は動く。などと、その状況を楽しむ余裕があった。

僕の部屋は、寝ている足側に骸骨山の見える窓があり、その脇に階段に続くドアがある。猫を飼っているので、いつもドアは開放してあるのだが、開け放たれたドアと壁の、ほんの十数センチほどの空間に信じられないものを見た。半身しか出ていなかったが、白っぽいワンピースを着た女が、そこに正座していた。だが人がそんなわずかな空間に入れるわけはない。薄っぺらでもなく、小人でもない普通の女が全ての矛盾を超えてそこにいた。ゾッとして冷や汗が出始めた。

僕がその存在に気がつくと同時に、その女がドアの陰から滑るように、体勢を変えることもなく、正座したまま、ゆっくりと出てきた。僕はパニックに陥ったが、声も出ないまま、自分の荒い息づかいと、背中までびっしょりの汗の中、自分の足元まで来ている女を目で追っていた。やがて僕の足が乱暴に掴まれた。そして太もも、腹、肩と上がってきて、最後は鼻と口だった。鼻と口を押さえつけられて呼吸ができないまま、僕の意識は遠のいていった。

気分最悪で目覚めた翌朝、朝食をとっていた僕は、母親に昨夜の変な夢のことを話した。すると、

「あんた、そんなテレビばっかり見てるからや！」

とお決まりの文句が返ってきた。正直、自分でもそうかな、と思っていたので、それ以上その話

は膨らまなかった……、その時は。

その翌週の日曜日、僕が自分の部屋でダラダラしていると、突然母親が入ってきて、

「あんた、これちょっと置いとき」

とだけ言って、僕に塩を渡し部屋を出ていった。わけのわからない僕は母親を呼び止め、事情を聞くと、ちょうど一週間前……、つまり僕があの妙な夢を見た日、骸骨山で自殺があったらしい。自殺というのは、完全に身元がわかっていて事件性がなかった場合、公にはならないのだそうだ。とはいっても、やはり地元住民に噂は広がり、その噂が母に届くまでに一週間かかったというわけだ。噂ではその自殺した人は、女性で白っぽいワンピースを着ていて、深夜の骸骨山の頂上付近の大きな木で首を吊っていたらしい。幽霊懐疑派の母も、僕がそれを言った日時、服装の一致はさすがに気持ちが悪かったようで、念のため塩を持ってきたというわけだ。

なぜにあの女性が僕のところに現れたのかはわからない。何が言いたかったのかもわからない。だが、あの行為からして悪意がないとは考えにくい。それ以来、一度も現れていないので気にはしていないが、それが偶然に波長があった者を無差別に襲うものであると考えるなら、非常に恐ろしく質(たち)の悪いものだ。

僕らの慣れ住む日常には、このような非日常としか表現できない危険も、数多く潜んでいるのかもしれない……。

骸骨山の防空壕

骸骨山には防空壕跡がある。公園から少し裏山を登った所に、縦約三メートル、横約十メートル、深さ約三メートル弱の直方体の形をした穴が空いている。むき出しのそれは、秋になると枯葉が積もり、トランポリンのようで、小学生の頃から僕らのいい遊び場だった。

しかしあまり知られていないが、骸骨山にはもう一つ防空壕跡がある。外側の道路に面したところに、子どもでも這わないと入れないような横長の穴が空いている。皆、その穴の存在は知っているが、それが防空壕跡だとは知らない。僕の家は代々そのあたりに住んでいたので、祖母がそう教えてくれたのだ。

「崩れたら危ないから入ったらあかんよ」

と祖母はよく言っていた。だが大人が入るには狭すぎる穴で、僕はそれが防空壕跡だなんて全く信じていなかった。

小学生のやんちゃな時期だ。僕はどうしてもその穴が気になって、時の友人の下田と、懐中電灯を用意して腹這いになって入ってみることにしたのだ。その洞窟は小学生でも一人ずつしか入れないような大きさだったので、下田を入口に待たせて僕が先に入った。中は真っ暗で湿気り、ピョンピョンと跳び跳ねる虫がたくさんいて気持ち悪かった。

照らされた内部は段ボールの破片などが散らばっていて、それほど奥行きはなかった。すぐに行き止まりだと思えたが、一番奥の右側に真っ黒い闇が見えた。横穴だ。まだ続きがあったのだ。とりあえず穴の前まで行って中を照らしてみた。それは通路というよりも、少し深い窪みだった。そこに信じられないものがあった。小さめの黒い仏壇だ。それがそこに立っていた。誰がどうやって入れたのかわからない。とてもじゃないが、そんなものを入れられるような広さはない。その仏壇には途中で消えたような半分ほどの蝋燭（ろうそく）、線香の束、そして白黒の老女の遺影が残っていた。

小学生だった僕は悲鳴をあげて土壁に頭を擦りながら逃げだした。慌てて這って逃げたので、そこを出た後、ズボンから泥や虫がわさわさと出てきて道路がかなり汚れた。汚いものを見るような目で、少し離れたところから下田が、

「はよ公園の水で洗え！」

と吐き捨てるように言い、僕は公園の公衆水道でパンツまで脱いで洗った。とにかく虫が気持ち悪かった。そして下田に中で何を見たかを話した。意外にも下田は僕を馬鹿にすることもなく、

「お前のその格好見たらわかる」

と僕の言ったことを信じてくれた。

帰ってから祖母に話を聞いてみた。すると骸骨山はもともと戦時中、病院であったことから、病院にあった仏壇が埋まっていたのではないか、と言われた。そうなのかもしれないとその時は納得したが、今は違う。小学生だった僕はあるはずのないところにあった仏壇、そして遺影の不気味さ、という恐怖で逃げ出したのだが、僕の記憶には未だに脳裏に焼きついて離れないものがある。あそこにはもっともっと信じられないものがあった。

あの仏壇の遺影の両脇には、白い花があったのだ！　まだ枯れきっていない花だ。つまり誰かが当時、供えていたということだ。誰があんなところに参るというのだ？　祖母の言う通り、あそこは本当に防空壕で、遺影の人物と縁のある人間がそこに参っていた、とでもいうのだろうか……？

五号館学童二階のトイレ

どこの小学校にも、怖い話の一つや二つはある。僕の塾にくる生徒の学校にも七不思議じみた噂があるようだが、それを七つとも知っている子は少ない。今回はある学校の七不思議の一つ、五号館、二階にある封鎖されたトイレの話だ。

板張りで完全に封鎖されている空間というものは、やはり子どもたちの好奇心を煽るには十分すぎるらしく、その様々な理由が想像されていたようだが、どれにも確証がなく、それがまた都市伝説や七不思議を思わせるものだ。もともと五号館というのは臨時教室と学童としてだけ使われていた古い校舎だった。年末の大掃除の時期に、僕の生徒の班がそのトイレの前の廊下掃除に割り当てられたらしい。普段は完全に封鎖されていたトイレも大掃除のせいかその時は開いていた……。つまり自由に出入りできる状態だった。もちろん、子どもたちはその中が気になり入ってみた。電灯はまだ生きていたようで、その埃っぽいトイレ内を照らし出した。別に何の変哲もないただのトイレだ。なぜ封鎖されたのかわからないぐらい普通で、壊れている箇所も見当たらなかったらしい。

四人いたうちの二人が中に入って、トイレの個室を見にいった。すると突然、出入口付近にいた一人が頭痛を訴えた。トイレの奥を指差し、頭を押さえながら外に出ていったと同時に、電灯が落ち、薄暗いトイレの中、トイレットペーパーを回すカラカラという音が聞こえ始めた。全員がパニックに陥り、トイレから逃げ出し、涙目で職員室の担任のところへ到着、事情を話し、ともに確認にいくこととなった。そして皆が見たものは板張りで、封鎖されたままのトイレの入口だった。厳重に封鎖されたままなので、人が入れるわけがないことが確認できただけだった。

その担任はイタズラに巻き込まれたと思ったらしく、その場で軽い説教をしようとした時、トイレの中から音がした。子どもたちの持つ非常用防犯ベルの音だ。驚いた担任は中を確認しようとしたが、封鎖されているので確認などはできない。班の一人が、

「あれ……。あたしのやと思う……。さっき落としたんや……」

と言ったのだが、目の前には封鎖された扉。入れるわけがない。それでも担任はどうやって中にベルを入れたのかを疑っていたようだったが、子どもたちのあまりの怯えよう、また子どもにはどうにかできそうもない封鎖扉などを何度も見比べて、段々と顔色が悪くなっていったらしい。

結局、鳴り止まないベルを放ってはおけず、用務員を呼び、板を剥(は)がし、封鎖を解除してベルを回収、封鎖し直して、この事態は収拾した。防犯ベルは確かに彼女のものだった。用務員が封鎖を解除している間、担任はどこからベルを投げ入れたのか？　などと疑っているようだったが、その

封鎖が解かれてからは、疑おうとはしなかった。扉が開かれた時、担任は埃で汚れたトイレの床にある複数の新しい足跡を見て、一瞬硬直した後、奥に転がる鳴り止まないベルを回収し、一言、

「もう一度、至急封鎖してください」

と用務員に伝え、子どもたちを下校させ、逃げるように職員室へ帰っていったという。

最後に僕の生徒が、再封鎖を任された用務員の小さい呟き声を耳にした。

「だから封鎖してるんだよ」

これは一体、何を意味しているのか。

その用務員が何かを知っている可能性は否定できない。今もそのトイレは封鎖されたまま、無用の長物と成り下がっているという。

農道の怪　一

石川皓は高校二年生だった。ある日、彼は学校の近くに住む彼の友だちの家に、何人かで泊まりにいった。その日の夜中、みんなで肝試しに行こうとの話になり、ちょうど丑三つ時に、近所のいわくつきの神社に行くこととなった。夜中に見る巨大な神社、鬱蒼と繁る木々の塊りは不気味で、彼らの好奇心を煽るには十分なものだったが、彼らの目は神社の脇にある灯りもない小さな土道に向けられた。

「この先には何があるの？」

「いや、別に何もないよ。竹藪があるくらいかな。行ってみるか？」

とその近くに住む友人は答えた。

数分歩いただけで真っ暗な竹藪が姿を現した。真夜中、懐中電灯に照らされて浮かび上がった竹藪はなんと不気味なことか……。竹と竹の間から何かが顔を覗かせているような不安がよぎる。そんな中、友人のうちの一人が、

「おい、これ、たぶん道の跡じゃないか？」

と竹藪の間の下方を指差す。気のせいかもしれない程度だが、確かに竹藪の間は道のようにわかれているように見えた。近隣に住む友人は知らないという風にぶんぶんと頭を横に振った。友人の一人が無言でその道なき道に足を踏み入れた。枯れ葉、折れた竹などで彼が進むたびバキバキと音がする。その彼以外は無言でそれを見ていたが、数分後に奥から声がした。

「おい、これ、たぶん道。ちょっとはっきりしてきたぞ」

それを聞いて皆、足を踏み入れ、彼の後を追った。素人目には道にすら見えなかったが、彼の後をついて行くうちに、確かに過去にこれが道であったという確信を持てるものを見つけた。

『立入禁止』

と書かれた古い看板が立っていた。その看板は木で作られたものに墨で書かれていた。

「やっぱり、道やったんや」

と誰かが言った時、先頭を行く彼から、

「ここにもあるぞ」

と声がした。急ぎ、それを確認するとそこにはまた木の看板があった。

『たちいり禁止』

それはさっきの物と比べて汚い字で「立入」の部分がひらがなで書かれていた。また声がした。

「おい、ここにも」

またそれを見ると
『タチイリキンシ』

とカタカナで書かれた看板が道を塞ぐように倒れていた。

「おい。また。でもこれ」

と先頭を行く彼は、今度は足を止めて待っていた。

『たチ入りきン止』

汚い字以前に、平仮名とカタカナが入りまじった妙な看板。それだけでなく、ほんの五分ほどの間に乱立する警告を示す異常な看板群。不安と恐怖が込み上げてくる。皆の足はそこで止まった。引き返すかこのまま進むかの相談だ。結果、もう少しだけ進むことになった。そこからすぐの所にかなり大きめの赤錆びた鉄の門があった。門はもちろん開くことはなく、誰一人乗り越えようとする者もいなかった。

「これはたぶん工場かなんかの跡だ。だから立入禁止の看板がたくさんあったんだ」

誰かがそう言って皆がそれに賛同した。文字の書き方の異常さに誰も異論を唱えることもなく
……。

「よし、じゃあ帰ろう」

と誰かが嬉しそうな声で言ったが、その意見は容れられなかった。その門の脇で、まるで彼らを手招くように見え隠れしている細い道が見えたことによって……。

そのままもう少し、細い土道を進んだ彼らが見たものは、忘れられたように佇んでいる木製の小屋だった。それは、かなりの年月が経っているらしく、遠目からみても確実に廃屋で、窓ガラスなどは完全になくなっていた。彼らはそれを遠目でしか確認できなかった。なぜならそれが照らし出された瞬間、無言で全員の足が止まり、ある種の緊張が走ったからだ……。彼らはその時、大勢の人の気配を感じたらしい。その瞬間、一番後ろを歩いていた者が逃げ出した。それを皮きりに全員が彼に続いて逃げ出した。竹藪に到着した頃には全員が汗だくで、また、知らないうちにできたかすり傷でいっぱいだったようだ。のちのち確認すると、皆が視線を感じただの、枯れ葉の上を歩く音を聞いただのと同じような奇妙なことを言い、また大勢の、低い声で歌われる不気味な民謡のようなものを聞いたという。

「気のせいかもしれないけど怖かった。もっかい行ってみようと思ってる」

こりない僕の生徒、石川皓は笑いながらそう言った。

「なかなか怖い話やな。でもそれは人かもしれんな。まぁ、ただの人でも真夜中に大勢ってのはかなり怖いけどな。何をしてたんやろ。行くなら多人数で昼間に行けよ。もしもその辺に住んでる人たちならめっちゃ迷惑やし。ちゃんとそういうところも気をつけて行けよ。ちなみにそれってどこよ」

と僕が尋ねると、彼は詳しく場所を説明してくれた。彼の書く簡単な地図と説明を聞くうちにあることを思い出した。

農道……。

「思い出した！　農道や」

そう、僕はこの場所を知っていた。僕が高校生の頃、それは「農道の集落」と呼ばれ、名高い心霊スポットとして一部で噂になっていた場所だった。目を丸くして僕を見る皓に、僕はあの頃に聞いたその「農道の集落」について説明を始めた。

「農道の奥には小さな集落がある。道の脇にある竹藪を抜けてしばらく進むと急に開けた場所に出て、そこにはほんの数軒の廃屋が建ち並んでいる。誰の気配もなく、誰一人いないことは間違い無くとも、決してその場所に長居してはいけない。廃屋探検がてらその場所に長居していると、急に何かの気配を感じて、どこから来たのか、いつからいたのかわからないが、明らかに人間ではない何かに追いかけられるのだという。その何かとはもちろん野犬や浮浪者の類でもなく、古い着物を着た上半身だけの人間に見えた」など。妙なことにどれだけ詳しく場所を聞いても、そこに辿り着ける者と、辿り着けない者がいる。かくいう僕も当時、何度か農道に訪れ、竹藪あたりを捜索したのだが、それらしい道は見つけられなかった。

話を聞き終わった後、

「テスト終わったら、もっかい行ってみるわ」

と、皓はそう言い残し塾を後にした。僕は昔の話を思い出しながら、少しそのことについて考えてみた。あの頃から時は過ぎ、僕は大人になった。当時より知識が増えた僕は、この話を皓にしている最中に、実はある可能性が頭に浮かんでいた。

その後、僕は過去に自身が聞いた話を思い起こしていると、あのあたりには怪しい噂話が数多く存在していたことに気がついた。それらをふまえて考えると、実際にそこには集落とはいかないまでも、外界から隔離されたナニカがあったのかもしれない……、と頭には浮かんだのだが、やはり常識的に考えて、それはただの農作業の小屋だろうと思い直し、僕は皓が本当に再びそこに行くのか、行ったならまた話を聞こう、などと安易に考え、それに対する関心は薄れていった。

農道の怪 二

いつも時間通りに授業に来る皓(あきら)が来ない。恋人といるよりも僕の授業を受けているほうが楽しい、と公言する彼が、連絡もよこさずに授業に遅れるのは、十分に心配に値することだった。

まぁ、あいつも人間だしな。

とりあえず彼の家に電話をかける。すると母親が出てくれた。

「すいません。皓、まだ帰ってないんです。さっきから連絡してるんですが、全然連絡取れなくて」

と、困ったように笑った。

「クラブですかね」

「いや。今日はクラブがないはずなんですが」

「うーん。まぁ、では連絡が取れたら連絡下さい」

と言って電話を切った。

あいつが塾忘れるなんて珍しいな。

と、僕はとりあえず彼を待つことにした。僕の塾は個別指導だから、生徒が休むと講師のほうも時間が空く。特に高校生の授業は一対一なので、七時から一時間半の間、僕の時間が空いたことになった。僕の授業は休みでも、他のブースでは授業中で、たまたま晧と級友の生徒がいたので、

「ちょっと邪魔するで」

と割り入って晧のことを聞いてみた。すると嫌な、不安を煽るに十分な情報が聞けた。

晧は今日、クラブが休みなので、あの農道へ行くと言っていたらしい。ちょうどその後に塾があるから、僕にその話をするのを楽しみにしていたようだ。その生徒たちも、晧のその話を楽しみにしていたので、来ていないのが残念だとのこと。つまり、晧が塾を忘れている、という可能性がほぼ消えたわけだ。

その場で彼らに携帯電話で晧と連絡をとってもらったが、繋がらない。また彼の家からも連絡がない。つまり、彼は今、そういう状態であるということだ。僕は考えた。彼らの話が具体的だったことから、晧は農道へ向かい、そしてそこから連絡が取れなくなったという……、つまり農道で何かあった可能性がある。

間違わないで欲しい。僕は大人で心霊現象懐疑派だ。霊だのなんだの言うつもりはない。それよりも事故のほうが怖かった。廃屋にも入ったことがある僕は、荒れた家屋の危険性を知っているつもりだ。その農道には廃集落があると聞く。また以前彼は、廃工場のようなものがあったとも言っ

ていた。怖いのはそのあたりで事故に遭い、身動きが取れなくなっている場合だ。ほとんど人気（ひとけ）がない場所で事故に遭った場合、発見が遅れると手遅れになるかもしれない。

僕の考えすぎということもわかっている。だが、とりあえず皓が農道へ向かったことは確かなようだ。あの時、面白がって「おう、確かめてきて」と言った手前、今日の授業が終わっても皓からの連絡がなければ、僕も探しにいくべきかと思い始めた。なぜなら僕は、捜索するにあたって、一般人では思いもよらないであろうその場所を知っているから……。

その空き時間に自分ができることを考えた。捜索をするにしろ、一人で行くのは嫌だ。ミイラ取りがミイラになるということもある。僕には信頼できる仲間が必要だった。

何人かの友人にメールを送り、返信を待って悶々としていると、一人だけ連絡を返してくれた。

「大丈夫です。でわ、十時に行きます」と。このわずかな時間に連絡を返してくれた彼は、元生徒の寺の息子で、今は大学生だ。寺の息子だが怖がりで、一見頼りなさそうだが、頼まれたら断れない性格らしい。なにより僕を信頼してくれている生徒であり、また僕は彼の優しさがすごく好きで、僕が信頼できるという意味でも申し分なかった。ただ「では」の「は」が「わ」になっているのが鼻についてイラっとはしたが……。

授業後、十時に皓宅へ電話をしたが、全く繋がらない。もしも僕が農道を捜索した後も、彼を見つけられなかったなら、なりふり構わず警察にこのことを伝えようと思っていた。十時過ぎ、頼んでおいた軍手と懐中電灯を持って、助っ人の株山柊(しゅう)は現れた。

「久し振りです」

「おう！　久々やな。元気そうで何より。ありがとうな」

という簡単な会話をした。

「さて……。連絡は取れんかった。お前がこんなん苦手なんは知ってるけど。ほんますまん、付き合ってくれ。詳しいことは車で話すわ」

「マジっすか。わかりました」

と車で今の状況を話した。そして農道の近くに車を停め、最後に、

「今ならやめられるが、本当に来られるか？」

と最後の確認をした。彼を無理矢理に付き合わせるわけにはいかない。だが彼は、

「とりあえず覚悟はできました」

と言い、ついてきてくれると言った。彼に礼を言い、夕食をおごる約束をして、車を降り、農道がある場所、そして石川晧が言っていた場所へ向かった。

とにかく外は寒かった。民家が少なくなった頃には道はアスファルトから土道に変わり、周りには田畑が目立つようになっていった。少し先に絶大な圧迫感を誇る一際大きな影の塊が見えた。それは巨大な神社だった。確か晧も神社があると言っていた。その脇を抜け、田畑の脇道を進むと竹

藪があった。二人でその竹藪を照らすと、確かに獣道があった。さらに注意深く見ると最近誰かに踏み慣らされたような跡も……。

「最近、誰か来てますね」

「……」

僕は無言で返した。夜に見る竹藪は想像以上に不気味だ。その奥を懐中電灯で照らしてみる。別に何も見えない。と、柊がガサガサとその獣道に入り始めた。怖い物は苦手だったはずの彼の予想外の行動に
「お前。大丈夫なん？　結構怖くない？　竹藪とか……」

と間の抜けた声で聞いてしまった。

「ああ……。怖いっちゃあ怖いですが。寺の墓にもたくさん生えてるんで……」

と返ってきた。

そうかこいつは竹藪どころか、たとえ墓があっても、慣れてるんだ。

と思い、また怯えていたのは自分のほうだったと恥ずかしくなった。

「先生！　あれっすか。看板って」

前にいる柊が指をさしている。

『立入禁止』

木板に墨で書かれた看板が確かにあった。

「たぶんそうやろ……。ってことはこっちで合ってるってことか……」

晧の話では、その看板がいくつかあり、その『立入禁止』の文字が妙になってくるはずだ。僕らはそのまま先に進んだ。刺すような冷気に顔の皮膚が痛む。心なしか土道が湿ってきたようだ。二つ目の看板があった。『タチイリキンシ』とあった。片仮名だった。だが、いざ目にしてみると、それに気持ち悪さは感じなかった。実は看板に関して僕らが確認できたのはこれが最後だった。暗くて見落としたのかもしれないし、晧が話を盛っていたのかもしれない。

そうこうしているうちに、赤錆びた門が見えた。やはりそれは開くことはなかった。思っていたよりも高い門で、隣に続く石壁も高く、乗り越えられなくはないが、容易ではなさそうだった。

「どうします?」

と柊が聞く。

「いや。さすがに向こうには行ってないやろ」

と少しそのあたりを調べてみた。門の脇には茶色い長方形の跡、恐らく以前には表札があったのだろう。やはりこれは何かの工場跡だ。しかし、門の隙間から照らした向こう側には何も見えない。建物は解体されたのかもしれないが、その壁沿いに道らしきものがあった。

「たぶんこっち……」

と僕はその道を進んでみることにした。息が白い。周りに何もないからか相当な寒さだった。

五分ほど進むと、建物が見えた。小屋だ。木造の小屋はボロボロで隙間だらけ、もちろん扉などない。これはきっと農具小屋だと思った。中を見ると、確かに赤錆びた鍬や社会の教科書で見た千歯こきのようなものがあった。

「農具入れか……」

「なんかでも並んでないですか？　小屋はボロボロやのに……」

と柊が不審気に言う。確かに鍬は並べて立てかけられている。そう……、立てかけられているのだ。長い間ここにあるのなら、なぜ倒れていないのだろうか？　少し嫌な気配が漂い始めた。

「おい。お互いに少し周りに気をつけよう。誰かいるかも……」

「やめて下さいよ」

と言いながら、彼が懐中電灯で周りを照らした。すると少し離れたところにまた建物が見えた。近づいてみると、その奥にもいくつか粗末な建物が見える。別に建物を見にきたわけではない。いい年をして心霊スポット巡りが目的ではない。石川皓の痕跡を調べにきたのだ。いないならいないで納得できる何かが欲しかった。だから僕は建物よりも地面に目が行った。地面に足跡、スニーカーの跡などないかを調べたかったのだ。だが今や、この場所には彼以外の人間がいる可能性がある。柊と周りを確認しながら、とりあえずその建物を覗いた。ちなみに人が住んでいる可能性は限りなく低いと思われる。建物の外壁にはスプレーの落書きがあり、何よりも廃屋は荒れ放題だったから……。

柊に周りを見張らせ、僕は長方形の空洞、以前には恐らく扉があったはずの場所からそっと懐中電灯で照らし、中を見た。その瞬間に全身が総毛立ち、一瞬、息が止まった。中に小柄な人が立っていた。いや違った。中はがらんどうだったが、真ん中に一つ、大きめの仏像のようなものが置かれてあったのだ。その周りの空間にはロープが張られていて、布のようなものが所々にまるで干すようにかけられていた。仏像のような、というのは、その像が胸の前で手を合わせているからであり、決してその顔で判断できたわけではない。なぜなら、その像には顔がなかったから……。顔の部分が削られ、首から上が薄っぺらくなっている。

怖かった。霊だのではない。こういうことをするのは異常者だ。その時、外から、

「うわっ！」

と柊の低い小さな悲鳴が聞こえた。その声にも驚き、懐中電灯が作る影にも驚き、柊の元に行く途中で鳴った自分の携帯電話にも肝を潰された。走ってもいないのに息が荒く、呼吸がしにくい。

着信？　こんな時間に？

着信表示を見ると塾からだった。僕の塾の電話は、留守電に何か用件が入ると自動的に僕の携帯電話に転送される。電話を取り暗証番号を入れながら、息も切れ切れ、立ち尽くす柊に、

「どうした」

と言って近づくと、嫌そうな顔で、

「あれ」

と指をさした。その方向に大きな鳥居があった。その鳥居の前に、人影が立っているように見える。しかもわらわらと大勢。それぞれに皆、手に何か長いものを持っているようだ。僕は正直なところ、腰が抜けそうになった。柊が、

「ちゃいます。あれ人形です。マネキンみたいな人形が並べられてるんですよ」

と言った言葉に、

「人形……。人形……か」

と僕は息も絶え絶えに返した。情けないが、たぶん蚊の鳴くような小さな声だっただろう。

「マネキンもですが、なんすかあの黒い鳥居は？　しかもあれって卒塔婆（そとば）じゃないですか」

と柊が言ったと同時に、耳に当てたままの携帯電話から留守録が再生された。

「石川です。皓見つかりました。ご心配をおかけして申しわけありませんでした」

皓が見つかったという内容だった。皓が無事だったという報告が入ったのだ！

「おい！　帰るぞ！」

「え？　はい。いいんですか？」

「早く！」

柊を急かして駆け出した。

その時、大勢が歌うような、呪文のような、何かを聞いた。

「これ、なんすか⁉」

柊がわかるはずもない質問を投げかける。

服もボロボロ、どろどろになりながら竹藪まで抜けて車に飛び乗り、僕はとにかく車を走らせて、二十四時間営業のレストランに到着した。そこで柊に晧が見つかったことや、色々とその日にあったことを話し、何よりある程度、気持ちを落ち着かせてから、柊を送り、長かった一日が終わった。

レストランで柊に確認したところ、彼は僕と同じように最初、人形群を人と間違え、悲鳴をあげた。しかし全く動かないそれらに違和感を覚え、それらが人形であると理解したらしい。その後、黒い鳥居に異様さを覚え、目を凝らすと、その鳥居の手前に卒塔婆が並んでいるのを見た。僕は鳥居は見たが色まではよくわからなかったし、卒塔婆があることもわからなかったが、僕にはそんな余裕が残っていなかったのだろう。柊はあの仏像を見ていない。彼に見てもらえば仏像なのか、もっと違う何かなのかを確認できたかもしれない。

それより何よりあの場所には、恐らく人間がいると思う。普通でない人が。長い年月を経て、あそこがもしも無人であるならば、立てかけられていた鍬、また鳥居の前の人形が倒れていないとは考え難いからだ。

謎は多いが、無事に帰ることができただけで十分だ。気にはなるが、今のところ確かめにいこうなどとは思わない。晧はあれからまだ塾には顔を出していないが、とりあえず元気でいるようだし……。

正直、こんなことになるなんて思いもよらなかった。ただ時とともにこの話も僕の武勇伝の一つになるのだろう。しかし生徒たちに笑って話すにはもう少し時間が必要だ。とりあえず僕自身が落ち着くまでは……。

農道の怪　三

この時期の僕はすごく忙しい。冬期講習はむしろ始まる前、各生徒の予定を組むのが大変なのだ。そのため十二月の二週目の土日は毎年、仕事を家に持ち帰り二日まるまる使って予定を組む。だが、今回はどうしても土曜日だけで終わらせたかった。自分でもどうかしていると思うが、一刻も早く僕はあの農道へ行きたかったから……。

金曜日の夜中、土曜日の明け方に、僕は二度、目を覚ました。金曜日の夜から予定組みを始めたので、力尽きて寝たのは午前三時過ぎだ。最初に目が覚めたのは午前四時過ぎ、突然あの農道で聞いた不気味な歌が大音量で部屋にこだました。でもたぶんそれが聞こえていたのは僕だけだ。一緒に寝ていた飼い猫たちに反応がなかったから……。

大音量のわりに、それが何を言っているのかわからない。日本語とは別の言語かもしれない。夢にしては、現実感が強すぎる。だが猫に反応がないということは、僕が勝手に怯えていただけ、つまり怖いと思い込むことで自己暗示にかかっている可能性が高いと考え、再び眠ることにした。

二度目、今度は朝六時前にすごい悲鳴がした。すぐに悲鳴がした部屋に向かうと飼い猫が後ろ足から血を滴らせながら、逃げるように出てきた。その部屋を一瞥し、誰もいないことを確認して、とにかくまずは止血した、といっても素人の僕ができるのは圧迫止血法ぐらいしかなかったが、とりあえず血は止まってくれた。

朝一で病院に連れていって、毛を剃って診てもらったところ、何かに噛まれたような傷があるらしい。

「たぶん、事故でなにかに挟まれたんだと思いますよ。だって噛んだりしないでしょ？」

と、獣医は笑って僕に言った。僕は笑えなかった。つまり人に噛まれたような傷があるということか？　幸い傷は深くはなかったが、依然として原因は不明である。

とりあえず僕は家に帰り、すぐに仕事を始めた。とにかく早く仕事を終わらせて、あの農道について調べたかった。最近僕に妙なことがあったとするならばそれしかないから……。一応仕事は終わったがほとんど寝ていないので、何かミスがありそうで不安だった。朝から食事も摂らず仕事を始めて、終わったのは夜十一時。左肩が痛くて上がらなくなった。この間、僕はものも言わず机に向かっていたわけだが、何度も何度も邪魔された、あの歌に……。夜に聞いたような大音量ではないが、気がつけば聞こえている。とりあえず無視して仕事に集中するが周期的に、部屋のすぐ外から聞こえてくるような時もあった。それに気がついて周りを見回したり、出どころを探そうとすると消えるのだ。だが、何度目かの周期に気がついた。その出どころは僕だ。歌っていたのは僕だった。鼻歌のように……。夜中の大音量もひょっとしたら僕かもしれない。だが猫に噛みついたのは僕ではない。違う部屋からの悲鳴で目が覚めたのだから……。

仕事が終わった直後から、すぐにあの農道に行こうかどうか迷っていた僕がいた。今考えるとあり得ないことだ。仕事が終わったのは夜十一時過ぎ。外は真っ暗だ。なぜそう思ったのかはわからない。しかし僕は本気で行こうとしていた。行かなかった理由は、飼い猫が包帯をしているのを見て、今日は一緒にいてやるべきだと判断したからだ。行かないと決めてから眠りに落ちるのは早かった。僕はぐっすり眠った。明け方にまたあの大音量の歌に起こされるまでは……。

頭痛がする……。そういえば農道には柊と一緒に行ったんだった。あいつも行きたがっていたら可哀想だから、一応連絡してやろう、と思ってメールを送った。

『おはよう。なんか俺だけ行ったら悪いからお前も行くか？』

思っていたよりも早く返信が来た。後から聞くと、ちょうどその時、彼は本堂の掃除中だったらしい。

『おはようございます。どこに行くんすか？』

『農道』

『え？　また行くんですか？　冗談でしょ？』
『いや……、お前も行きたいかなと思って』
『いやいや。何を言ってはるんですか？　本気で言ってるんですか？　何でですか？』
『別に無理にとは言わんからいいよ。大丈夫』
『ちょっと待って下さい』
僕は着替え始めた。なぜって？　そりゃあ農道へ行くためだ。
『わかりました。行きます。今日ですか？　何時頃ですか？』
『もちろん今から』
『わかりました。ただ今日は車を出せないので迎えにきてもらってもいいですか？』
『いいよー。じゃあ今からとりあえずお前の家行くわ』
『すいません。お願いします』

自分でも怖い。僕は頭がどうにかなっていた。何を言っているんだ僕は……。まるで楽しい場所にでも行くかのように……。過労で頭がおかしくなったとしても、自己暗示にかかっていたとしても、霊に取り憑かれていたとしても恐ろしい。そして、あの時に一緒に来てくれていたのが柊だったこと、本当に自分は運が強いとも思う。

　僕は支度もそうそうに車を出した。柊の自宅のお寺へは進路面談のときに行ったことがあるから、道順に不安はなかった。ちなみに、進路面談は塾で行うのが普通だが、このときは特別だった。僕が家にある仏画の置き場に困っていると柊に話したところ、それなら自宅のお寺で引き取ると請け負ってくれたのだ。そのため株山家とは全員と面識があり、また仲も良かった。後に正気に戻って車に乗った時に、音楽が止まっていたことから、僕はたぶん車の中でもあの不気味な歌を鼻歌のように歌っていたのだろう。

　お寺の境内に車を停め、柊に到着したというメールを送る。時間はまだ朝七時を過ぎたところだっただろう。車を降り境内に出た。さすがにこの時間にお邪魔はできないな、と思い、どうしようかと考えていたところに、

「おはようございます」

　と声をかけられた。現住職の柊の父だった。

「あ、おはようございます。お久しぶりです」

　と挨拶をして、なぜ自分がここにいるのかを説明しようとした時に、

「こちらへどうぞ」

　と、なぜか本堂に通され、少し待たされた。すぐに住職は立派な袈裟を着た姿で現れ、ご本尊の前に座った。僕はその後ろ側の中央の椅子に座っていた。柊が隣に来て座ったので、何がどうなっ

ているのか聞こうとした時に、正面脇の太鼓が大音量で鳴った。見ると柊の母が正装をして太鼓を鳴らしている。頭を下げて挨拶をしたかったのだができなかった。太鼓の音は僕の耳には苦痛だった。文字どおり耳を押さえてうずくまらなければならぬほどに……。逃げ出そうとしたが、柊に背中を押さえられて動けない。そして経が始まった。太鼓や木魚、どこからか聞こえてくる金属を擦り合わせるような音、線香の匂いも、経を唱える低い声も、僕の耳には不快極まりなく、最初は痛み、次に吐き気を感じたが、その後、次第に楽になっていった。柊に、

「もう大丈夫だ」

と合図して、僕は自分に割り当てられた椅子に座り、手を合わせてお経を聞いた。もともと僕は線香の匂いも、経を聞くのも好きなのだ。気分が落ち着くと僕は寒さを感じ始めた。僕は自分が寝間着に一枚羽織っただけの格好であることに気がついた。最後に銅鑼(どら)が鳴って経が終わった。あまり寝ていないのに、スッキリした気分だったが、とにかく寒かった。本堂の横には以前、面談をした小さな多目的ホールのような部屋があり、そこに通されると温かいお茶が出され、柊が彼の上着を貸してくれた。

「さっき柊から先生がおかしくなったと聞いて、びっくりしました。大変でしたね」

と住職は労(ねぎら)ってくれた。彼は柊から、一昨日のことの顛末を一応聞いていたらしい。

「すいません。息子さんをそんなところに連れていってしまって」

もっとちゃんと謝りたいのだが、言葉が上手く出てこなかった。

「いやいや。柊がお役に立ててよかった」

と彼は優しくそう言った。僕は遠回しにでも怒られるかと覚悟してたので意外だった。

「お怒りにならないんですか……」

そのほうがつらく感じた。

「先生。あなたがその場所へ行った理由は、生徒を思ってのことでしょう？　立派なことです」

涙が出そうになった。

「先生。今日一体何があったんですか？」

柊が尋ねてきた。そうだ、まだ詳しいことを話していない。僕は最近起こったことを話した。

「なるほど。で朝、私と出会ったわけですな。正直びっくりしましたよ。上半身が真っ黒でしたから。あんなモノは初めて見ました」

上半身真っ黒だったのか。僕は……。

お寺の住職さんに言われると余計にぞっとした。

「とりあえず柊が、先生がおかしくなったと騒いでね。最初は何を言っているのかわからなかったんですが、農道に関して聞いていたことと、さきほど、先生が柊に送ってこられたメールを見せられると……」

と真面目な顔で住職は言った。

「ご迷惑をおかけして面目ありません」

僕は謝ることしかできなかった。

「先生。あそこらへんには昔、カルトな新興宗教の施設があったんですよ。地域住民に反対されて立ち退きしよったようで……」

「新興宗教……」

「○○神社の近くでしょ？　私も噂でしか聞いたことがありませんが、あんまりよくないものだったそうで。外界と関わりを持たないような閉鎖的な集団で、実際何をしていたのかはわかりません。今回の件と関わりがあるかはわかりませんが……」

そういえば思い当たるものがあった。廃工場跡のような物はその跡地で、顔のない仏像はその名残ではないのか？

「念仏に効果があるのかはわかりませんが」

と言って僕を見た。

「とりあえずいいお顔になりましたね」

と笑顔をくれた。

確かに気分がいい。まさに憑き物が落ちた気分だ。

「おかげさまでスッキリしました。ありがとうございました」

「今回、ウチの柊がかかわり合いになったのも、例の地蔵菩薩さんのお導きかもしれませんな」

と笑った。なんで地蔵が？　驚いて住職に理由を尋ねると、

「ははは。やはりそうでしたか」

と彼は笑った。いや、僕は実際にはなぜ、住職が、僕があの地蔵によく助けてもらっていることを知っているのか？　という意味だったのだが、タイミングを逃してしまった。続けて、

「柊から先生の話はよく聞いていました。先生は蚊も殺さないとか。私らよりよっぽど精進されてはると思いますよ」

とまた笑った。

確かに僕は大分前から殺生はしないようにしている。塾で生徒が虫を殺そうとした時も、できるだけ止めている。だが、それを自分よりも年配で、元生徒の保護者、しかもお寺の住職さんから言われるとばつが悪くて、苦笑いするしかなかった。

柊をチラッと睨むとあからさまに目を逸らし父の後ろに隠れて、ごめんなさいと手を合わせてチラチラ僕を見ている。その場にいた皆が笑った。僕も久し振りに笑った気がした。そしてもう大丈夫だと思った。

柊に感謝し、そして柊の家族に感謝し、地蔵たちに感謝し、ひょっとしたらまた皓を連れてくる

かもしれない、とお願いをして、僕は家路についた。そして八匹の猫に囲まれてゆっくり寝た。もう起こされる心配はないだろう。しかし、朝から冬の冷たい空気にさらされたため、風邪を引いてしまったようだ。これぱかりは仕方がないと諦めるほかない。

あとは翌日、晧に話を聞くだけだが、住職の、

「あなたは正しいことをしただけだ。誰にも恥じることもないし、必ず仏さんも守ってくれます」

という言葉のおかげで逃げずに頑張ろうと、前向きに考えることができた。

晧はあの日、やはり農道を訪れていた。しかし記憶ははっきりしないようだ。

彼は農道を訪れ、小屋を見た。小屋の外に、ラグビーで使う太めのH型のポールのようなものが立っていたと言っていた。これは僕と柊があのとき見た鳥居かもしれない。だが、その前に人形群などなかったと彼は断言した。あれが人形ではなく、人間であったなどとは考えたくもない。紐が張ってある廃屋も目にしたが、僕が見た顔のない像などなかったと言った。あれがあった場所と違う廃屋を見たのか？　それとも考えたくもないが、その後、僕らが来るまでに運び込まれたか、僕がただ幻を見たか、だ。

他の廃屋には紫色の座布団が並べられていたり、小さな黒い仏壇のようなものが部屋の真ん中に置かれていたり、また紐が張り巡らされていたりと十分に気味の悪い要素が詰まっていたようだ。

もう見るものは見たし、帰ろうか、と思ったあたりから記憶がないらしい。正確には前述のことも、記憶が曖昧で、あまり正確ではないかもしれない、とも言っていた。

だが、彼にはどうしても腑に落ちない点があった。彼は一体誰とあそこを訪れたのかがわからない。後にあの最初に農道を訪れた時の仲間に聞いても、それ以外の誰に聞いても、ともに訪れてはいないとの回答だったようだ。彼の記憶の中にも登場人物は誰もいないようだが、あんなところに一人で行くことはあり得ないと断言した。

そして次に彼が気がついたのは、病院の椅子の上だった。母親曰く、晧は何度も同じことを言っていたようだ。逆行性健忘症（けんぼうしょう）の特徴らしい。晧が落ち着いて、意識がはっきりしてきた時こそ、深夜、まさに僕らが農道に着いた頃で、僕から晧が見つかれば連絡が欲しいと伝えられていたことを思い出して、彼の母は塾の留守電に連絡をくれたようだった。「行かなあかん」。彼は何度もこれを繰り返して言ったようだ。

彼が保護されたのは、京都に近い国道沿いの道。高架上の、歩道もないところを歩いていてパトカーに保護されたらしい。本人に記憶がないので、なぜそんなところにいたのか？　何をしていたのか、全くわからない。その時の彼の衣服はドロドロだったらしく、また彼の自転車は未だに行方不明のままだ。

「どうせなら俺も一緒に行きたかった」

と笑う皓には嫌な雰囲気一つ感じなかった。僕は皓には、農道には行ったが別に何もなかったとしか言っていない。

「お前のせいで風邪ひいたやんけー。でも皓。なかなか変なところやったし、お前もそんなんになったし……。次、なんかあったらすぐに教えてくれ。例えば、前行った時に聞いた歌とか聞こえたりしたら……。何とかしてやれるかもしれんし。何より俺はオカルトマニアやからな」

とおちゃらけて笑っておいた。

「わかった」

と彼も笑った。

人形群を見たのは僕だけではない。またあの歌のようなものを聞いたのも僕だけではなく、柊も、そして以前、あそこを訪れた皓たちも聞いたと言っていた。もう僕はあそこに行くことはないだろう。誰かが行くのも止めるだろう。思い出すだけで身震いがする、そんな恐ろしい体験だった。

夢見峠（ゆめみとうげ）

昨日また夢見峠（ゆめみとうげ）に行った。どなたか夢見峠をご存じではないだろうか？　もし知っている方がいれば教えて欲しい。何度も何度も僕の夢に現れる場所だ。

曲がりくねった土肌の道路を車で上り、開けた場所に出るとそこは夢見峠。以前にも何度かバスで来たことがあり、車内アナウンスでそう呼ばれていた。ある時は大学の頃の友人と夜に車で、またある時は男女二人ずつで、険しい山道を歩いて登って訪れた。

その開けた場所には集落があり、中央に盆踊りの台のような木組みの台、そしてそれを囲むように村の周辺に簡易的な長屋がたくさんある。住民は時代劇さながらの着物を着て、髷（まげ）を結（ゆ）い、活気がある。

「おう！　また来たな！」

と迎えられ、どこかの家で鍋をご馳走になる……。大体、ここまではいつも同じだ。ここからが妙な展開になる……。

大学の友人とそこを訪れた時は、就寝中に、どこかの家の部屋で目覚めるとたった一人だった。仲間を探しに外に出ると、村は松明か、提灯の光でオレンジ色に明るく照らされている。しかしそこには、誰一人いない。当てもなく歩いていると、村の外れに木でできた十字架があり、そこにともに来た友人が皆、磔にされて死んでいた。胸や腹に槍が刺さっていて、確かに死んでいる友人が、十字架に磔にされたまま、目を開き僕を見て言う……。

「気をつけろ……。これは夢じゃない。夢見峠には来ちゃいけない……」

と。

徒歩で訪れた時は、ちょうど祭りの最中で、屋台で綿菓子を買って食べている女の子二人が、あっちに行ってみたいと鳥居を指差しながら駆けていく。それを追いかけて鳥居をくぐり、神社の拝殿の裏側に行ったが、彼女たちはいない。彼女らを探しているうちにまた鳥居の前に辿り着く。すると鳥居の上方に絡まるように、女の子たちが大の字になるように打ちつけられていて、

「これは夢じゃない。夢見峠に気をつけて……」

と言う……。

昨日は髷の男に、

「久し振り。もう来ないのかと思ったよ」

と言われたことと、その後、塾の生徒の首が板の上に並んでいて、「気をつけて……。これは夢

じゃありません……。夢見峠には行っちゃだめです……」

と言っていたことしか覚えていない……。その首が生徒だったことから、たぶん生徒と訪れたのだろう……。

今、詳しく思い出せるのはこの三つだが、実際はもっと何度も訪れている。記憶が曖昧なだけだ……。断片的には塾の同僚の先生が台に吊るされていたり、当時の生徒の手を引いて逃げている記憶もある……。共通しているのは「夢見峠」という集落。そしてともにそこを訪れた仲間がグロテスクに死ぬ。「夢見峠に気をつけろ」という言葉……。

夢見峠とは一体なんなのだろう。そしてこの夢に出た仲間たちは、大体半年以内に、様々な理由でどこか遠くに行った。引っ越し、就職内定、卒業、留学……など。誰も亡くなったり、病気になったなどの理由がないのは幸いか。今回の首の生徒もいなくなるのだろうか……。例外として、手を引いて一緒に逃げていた生徒だけはいなくならなかったのだが……。

当時、三ヶ月に一度ぐらいの割合で見ていたこの夢……。昨日久し振りに見た気がするが、それでも半年から一年に一度は見ている。グロテスクなので気味が悪い……。ネットで調べても、それっぽいことはあまりヒットしない。何かご存じの方がいれば、ぜひとも教えて欲しい……。まだ僕が逃げ切れているうちに……。

赤い人影

仕事柄、家に着くのは深夜、風呂に入るのも当然、真夜中となる。僕は自宅の一階、風呂に続く廊下を歩いていた。すると突然、玄関を「ドン！　ドン！」と二度、強く叩かれた音に僕は肝を冷やした。着替えを廊下に落とし、玄関のほうを見たまま僕の時間が止まる。

なんだ？　何が起こった……？　酔っ払い？　泥棒？

あまりの驚きで僕の頭は混乱した。とりあえず落ち着くために、僕は台所に向かい飲み物を口にした。冷静に考えて泥棒ならわざわざ音を立てないだろう。酔っ払いの可能性が高いか……。変質者の可能性もあるが、もう音が聞こえないということは、行ってしまったのだろう、と納得して再び風呂に入ることにした。

先ほど落としてしまった着替えを拾っていると、また「ドン！」と今度は一度だけ、玄関が鳴った。二度も驚かされた僕は、今度は腹が立って直接文句を言ってやろうと玄関に向かった。玄関脇に置かれているバットを握り、玄関を開けて家の前に出た。とりあえず人影は見えなかった。

左を向くと誰かがちょうど、道を曲がったような影が見えた。僕はそれを追いかけた。とりあえずどんな奴か、確認だけはしておきたかったのだ。影が曲がったほうの道を見たが、何も確認できなかった。長めの一本道なのに……、電信柱しか見えなかった。

と、その電信柱の脇に何かが見えた。バットをもつ手に力が入る。ゆっくりそれに近づくと、その何かもゆっくりと僕から遠ざかった。やっぱりこいつか！　と思ったが、何かがおかしい。その影は小さくて、小学校低学年ほどの子どもの大きさに見えた。それがゆっくりと音もなく離れていくのだ。距離は十メートル以上もあっただろうか。僕の頭と背中は急速に冷えきった。

あ、これはマズいヤツだ、と肌で感じ、僕の足は止まった。すると、僕から離れるように動いていたその影も止まった。一定の距離は変わらない。僕は踵(きびす)を返して家に戻り始めた。途中、振り返るとその影はさっきよりも近くの電信柱の脇にいた。……追いかけてくる！　僕は走り始めた。

幸い家からはそれほど離れてはいなかったので、無事に家に辿り着き、後ろ手で玄関の扉を閉めた。その瞬間、扉がまた「ドン！」と鳴った。振り返ると、そこにはすりガラス越しに、真っ赤な影があった。

例えるならばそいつは女子トイレのマークと表現するのが近いと思う。僕は驚いて後ろに飛び退いた。また「ドン！」。どうやらこいつは玄関の扉に体当たりしているらしい。不気味なのは動き方だ。ぶつかってきているのに、形は一定のまま、表現が難しいのだが、服までプラスチックで作られた人形が無造作にぶつかってきているような……。きっと誰しもが思うことだろう。扉が壊れたらどうしよう、と……。

僕は自分の部屋に逃げ込んだ。幸いなことに僕は、そのまま布団で眠ってしまったようだ。目が覚めた時、僕はまた悪い夢を見たと思った。しかし現実はそれが夢ではなかったことを僕に突きつけた。部屋に転がるバットと、一階の廊下に忘れ去られていた着替えが……。

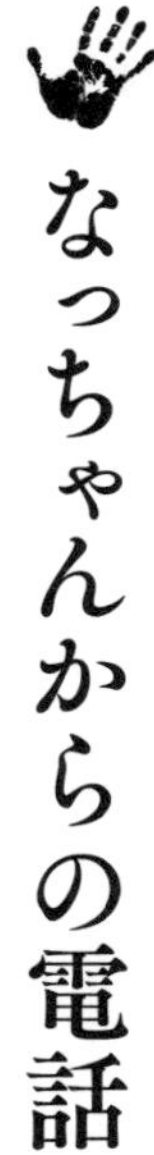

なっちゃんからの電話

ある有名な心霊スポット、通称「軍人病院跡」へ大学の友人と二人で向かっていた。とは言っても夜ではなく昼間、明るいときに物見遊山で訪れていた。

その場所は、長く伸びた古い石階段を上った山の中腹にあり、管理から離れて久しいせいか、その階段のすぐ横は崖になっており、足でも踏み外そうものなら、まず助からないだろうという危険度だった。

病院跡に着いてみると、廃棄されてからかなりの年月が経っていたのか、建物の名残を示す壁しか残っていなかった。崩れ黒ずんだ壁だけが地面から生えている光景は滑稽で、恐怖よりも不思議さのほうが強かった。以前は部屋であっただろう場所を観察していると、割れたガラスのビーカーや注射器などが散らばっていて、かつては確かにこの場が病院だったことを物語っていた。

注射器か。あまり気持ちのいいものではないな。

と、僕が思った時、

「どなたですかー？」

と大きな声がして肝を冷やした。それは一緒に来た友人の声だった。とりあえずその声を頼りに友人を探すと、彼は建物跡から少し離れた山の茂みのほうを向いて立っていた。すぐに彼に近寄り、何かあったのかを尋ねると「シッ」と口に指をあて、目で茂みのほうを合図した。

なんだ？

と思って見てみると、サクッサクッと枯葉を踏む音がする。決して遠くからではなく、また四足歩行の獣のようでもない。つまり人間の足音としか思えないような音だ。

「どなたですかー!?　誰かいますかー!?」

とまた友人は叫ぶ。

正直僕は、こいつ、よく声なんかかけられるな、と感心していたが、何度尋ねても足音の主からの返事はなく、その足音に変化もない。近づいてくる気配もないことから、その足音の主は、同じ場所をぐるぐると歩き回っていたのだろうか？

「何やってるんだろ？　ちょっと行ってみようよ」

彼は大阪出身ではないので標準語だ。まだまだ空は明るい。威圧感も恐怖感もない。ちょっと考えた後、

「行ってみるか……」

と僕は返した。とりあえず彼が先頭を切って、茂(しげ)みに進もうとした、ちょうどその時、

「ブーンブーン」

と僕の携帯電話のバイブが唸(うな)った。それは、友人のなっちゃんからの着信で、彼は元気のない声で、

「事故ってしまった。ほんまにすまんけど、足がないから迎えにきてくれへんか」

との内容だった。

「え⁉　わかった。すぐ行く。場所は？」

と聞くと、彼はどこかの病院にいるらしく、すぐに住所をメールしてくるとのこと。僕は幽霊どころではないほどに焦ってしまい、また電話から漏れる声が隣にいた友人にも聞こえていたらしく、

「すぐに行こう！」

と言ってくれたので、僕らはすぐにその場を後にした。建物跡から元来た石階段に差しかかる道のあたりで、

「おい！」

と建物の奥から低い男の声がして、僕らは驚いて足を止め、振り返ったが誰もいなかった。

「聞こえた？」

「ああ。でもそんな場合じゃない」

僕は幽霊どころではなかった。

とにかく早く行かないと。

僕は焦っていた。焦っていても怖いものは怖いもので、階段を下りている時にまた後ろから、

「おい！」

と呼び止められた時には、冷や汗が出た。僕はもう後を振り返らなかった。友人は振り返ったらしいが、やはり誰もいなかったらしい。その後、階段を下りている間、後方から何か、ガラスの割れるような音がしていたが、階段を下りきるあたりでは何も聞こえなくなっていた。

車に乗り込んだが、その頃には二人ともほぼ無言だった。僕はなっちゃんが心配で焦っていたが、さっきの声はなんだ？　という恐怖感、確実に、階段を下り始めるあたりまではそれがついてきていた、という不安感もないわけではなかった。

とりあえず逃げるように車を自分の町へ向かって走らせた。そういえば住所を記したメールが来ているはずだ。運転中にメールを確認するのが厄介なことと、この無言の空気を何とかしたくて、友人に携帯電話を渡し、確認してもらうことにした。しかしメールは来ていなかった。

何か病院で手間取っているのか、それとも診察中か？　とは思ったが、とりあえず着信履歴から電話をかけなおすように友人に頼んだ。すると……、

「なぁ。一番新しい着信履歴は、俺なんだけど……」

と返ってきた。彼の携帯電話と僕の携帯電話は会社が違うせいか、操作を間違えたのか？　と

思った僕は、赤信号の待ち時間を利用して自分で確認した。だが確かに最新の着信履歴は今、ここにいる友人との心霊スポットに行く段取りの電話だった。

「そんなわけないよ！　だって、さっき俺にだって聞こえてたし！　内容はそれほどわかんなかったけど、確実に誰かと話してたよね！」

僕よりも友人のほうがパニックに陥り始めた。僕はとにかく落ち着くことを第一に、今、何をすべきかを考えた。

「なっちゃんに電話してくれ。俺の電話の故障かもしれん……」

と友人に連絡先からなっちゃんへ電話をかけさせ、運転しながら彼に確認した。

軽く喧嘩のようになりながら僕が確認できたことは、なっちゃんは僕に電話などかけていないこと、もちろん事故など起こしていないことだった。しかしどうしても納得できず、そのまま友人を連れて、なっちゃんに会いにいった。

坊主頭の百八十センチ超えの巨漢のなっちゃんは、言いがかりをつけられた風に機嫌も悪そうに出てきたが、僕の必死の様子と、確かに着信履歴の残らない誰かと話す僕を見ていた友人の怯えかたを見て、僕らが嘘や、からかいの類を言っていないことはわかったらしい。また、「軍人病院跡」を訪れていたことも考慮して、第三者として冷静に判断してくれた。あたりはもう暗くなっていた。

「お前の勘違いで、俺じゃない誰かが事故ってるんかと思ったけど、着信履歴がないのはやっぱりおかしいな。でも誰かと話してたのも間違いなさそうやし。やっぱりあれちゃうんか？」

「あれって？」

「その電話のタイミングはお前らが足音のするほうに行こうとしてた時やろ？　そっちに行かさんように……、つまりお前らを助けようとする何かが電話したんちゃうか？　その理由がたまたま『俺が事故った』やっただけで……。なんか意味わからん『おい！』がついてきたんやろ？　そいつはお前らを山の奥に呼んでたっぽくない？」

……そう。確かになっちゃんからの電話のおかげで、探索は急遽終了していた。もしあの電話がなければ、または内容が大した要件でなければ、あのまま先に進んでいただろう。少し落ち着きをとり戻してきていた僕に、また冷や汗が滲んできた。とにかく僕は自分たちを助けてくれたのかもしれない「なっちゃん」を名乗る何者かに感謝すべきなのだろう。そんなことを考えていると、

「じゃあ行くか！」

なっちゃんが笑いながら言った。

はは、こいつならこう言うだろうな……。

僕は自分がやっと安全な場所に帰ってきた心地がした。なっちゃんの言葉を受け流し、そのまま三人でカラオケに行き、その後は何事もなく過ぎ去った。

結局その後も僕はあの「軍人病院跡」を訪れてはいない。

手作りの神社

僕は海や山が好きだ。昔から山なら近場の山、海なら毎年夏に福井県まで足を運んでいる。昔から冒険じみたことが好きだったので、山を訪れても普通のハイキングコースではなく、荒れた獣道や道なき道をよく突き進んでいたものだ。言い換えれば、よく山奥で遭難じみた事態に陥ったり、妙なものに出くわしたりするわけだ。

高校生の頃だ。僕は山で一人、道に迷っていた。といっても、ハイキングコースが近くにあり、また水道管のような鉄菅が通っていたりと、遭難には程遠く、全く楽観的に歩いていた。基本的に山に行く時は、いつでも帰れることと、好きな道を好きなだけ進めるという理由で一人が多かった。

道の隣が小さな谷となり、水の音が聞こえ始め、近隣にこんなところがあるのか、と感動さえ覚えた頃、道の茂みに妙なものを見つけた。靴だ。子どもの靴が片方だけ、茂みの草の枝にぶら下がっていた。サーっと鳴る木々、遠くから聞こえる鳥の鳴き声。チョロチョロと聞こえる水の音に、枝に引っかかった子どもの靴。

それを履いていた当人はどうなったんだ？

大自然の壮大な雰囲気が不安感に一変する。

まさか谷に……。

よく見るとそれは、幼稚園児が履くような赤い靴。女の子の靴だ。ハイキングコースに近いといっても、そこから外れ、決して楽ではない道のりを女性が来るとは考えにくい。ましてや小さな女の子など……。

周りにそれ以外の何も棄てられていないのに、不法投棄の一種だ、と無理矢理に僕はそう納得して、鼻歌などを口ずさみながら先に進んだ。するとまた道に何かが散らばっているのが見え始める。

大丈夫、これは不法投棄だ……。

と思いながら、何とはなしにそれを横目に見て通り過ぎようと思っていた。しかし足が止まった。止まって確認せざるを得なかった。服だ。服が散らばっている。男性用の服だ。それが一式、散らばっているというよりは、綺麗に並べられている。まるでそこに誰かが倒れているように……。

ジーンズがあり、赤いダウンベストがある。奇妙なのは、ジーンズの裾からは靴下が覗いており、ダウンベストの下には長袖のTシャツ、頭にあたる場所にはひしゃげた眼鏡があった。

何だ、これは……？　不法投棄というよりはイタズラっぽいが、こんな山奥の、道もほとんどないような場所に、イタズラでこんなことをするのだろうか？　じゃあなんだ？　誰かが倒れたまま骨も残さず溶けてなくなったとでもいうのか？

不法投棄に決まっている。それ以外ない、僕はそう思い込むことに決めた。とにかく急いで下りの道を下ろう。そうすれば必ずハイキングコースとぶつかるはずだから……。

僕はそう決めてその場を後にしようとした時、

「キーッヒッヒッヒッ……！」

という大きな声？ があたりに響き渡った。擬音語で表現すると人間のように聞こえるが、あれは人じゃない。何かの獣のそれだと思う。そんな風に思わせるほどに、人の出せるような音量、音域ではなかった。焦った僕は急ぎ山を下った。下っている最中も、余計な思考が僕を焦らせる。

不法投棄にしては、ゴミの量が少なすぎる。あの場所は山奥でありすぎる。あの声は何なんだ？ つけられていないか？

そんな心配とは裏腹に、僕は無事に山を下りきることに成功した。意外にも、その出口は普通の住宅街に繋がっていて、近くには看板があり、立入禁止と書いてあった。

結局、僕は無事に家に帰れたわけだが、最後に気になったことがある。立入禁止の看板が見える少し前、薄暗い山中を川に沿って逃げ下っている時に、川の向こう側に小さな祠が見えた。何が奉られているのかはわからないが、古くて廃れていて、かなり前から誰も参拝する人はいないことは容易に予想がついた。確かめる気にはならなかったが、どんな謂(いわ)れがあるのか……、ひょっとしたらあの時の声に、何か関係があるかもしれない……。

どうしてもそれが気になった僕は、後日、その祠のようなものを確認しにいったのだ。だが今回は一人ではなく、今回のことを全て話した上で、乗り気だった友人の下田を連れて二人で行った。

二人で立入禁止の看板を越え、浅い川の向こう側へ渡り、その祠を見にいった。祠は思っていたよりも小さかった。さすがにその小さな扉を開ける勇気はなかった。その場で話し合った結果、まだ先があるのではないかという予想のもと、僕らは前に進むことにした。すると先を歩いていた下田が、

「おい！　なんかあんぞ！」

と声を上げた。見てみるとプレハブのような材料を寄せ集めて作られた簡易的な住居のような建物が見えた。先は小規模な滝のようになっていて、その建物の脇を川の支流が流れている。何よりも印象的なことに、その建物の周囲には、かなりの数の彫像が置かれていた。大きいものから小さいもの、そして木でできたものから、石で造られたものもあった。

止める間もなく、下田が建物に近づき、中を覗いて誰もいないことを確認した。手招きしている。とりあえず僕も気になったので、覗きにいった。四角い窓のような空洞から中を覗いてみると、内部はベニヤ板のような床、むき出しのトタン壁に、破れた襖や障子が立てかけられている。所々に穴が空いたプラスチックのトタンを寄り合わせた天井、床にはゴミ袋と服が散らかっていた。彫像

の中にはどこから持ってこられたのか、狛犬や地蔵のようなものもあった。今思えば、恐らくそこにはホームレスが住みついていたのだろう。つまり先日、僕が獣道で見たあの服、不法投棄はここの住民の仕業であろうと納得した。

部屋の奥には棚のようなものがあった。黒いビニール袋の塊がいくつかある。だが、僕はもっと嫌なものに気をとられた。赤いランドセルだ。机のようにそれが使われ、その上に古い鏡のような物が置かれていた。その時、僕は痛烈に思った。

あれは……神社とかでよくあるご神体ってやつじゃないか？

「おい！　行くぞ！」

下田が囁くように、しかし有無を言わせない圧迫感と緊張を含んだ声で僕に言った。

「ん？　誰か来た？」

誰だ？　来るとすれば……、それはこの場所の主に決まっている。手の平に汗が出始めた。

「いいから行くぞ。早く！」

下田の尋常ではない様子に急かされ、ヌラヌラと黒光りする窓際の大黒天に似た彫像を横目に、その場を離れることにした。

帰り道、山を下っている間、下田はほとんど口を開かなかった。とにかく早く山を下りきりたいようで、前にアスファルトの道が見えた時に、躍り出たくらいだった。

二人とも息が切れ、汗もだくだくだった。近くの自動販売機で飲み物を買った。初めは気がつかなかったが、近くに寂れた神社があり、その境内のベンチで缶ジュースを開けた。

「おい。どうしてん？」

僕が彼に聞くと同時に、神社の奥から、和服の男性がこちらを見ていることに気がつき、僕は反射的に軽く頭を下げた。すると彼はこちらに近づいてきた。彼は掃除の途中だったのか、竹箒（たけぼうき）を持っている。下田もそれに気がついて振り向き、彼が来るまでに一言、

「何も言うな。合わせろ」

と言った。

「え？」

と、下田に返すのと同時に、

「あんたらどこの人や？　見慣れん顔やな」

といぶかしげに声をかけられた。いきなり威圧的に話され、少しムッとしたが、とりあえず、

「こんにちは」

と僕がそれに返し、ちょうどいいので、あの祠のことを尋ねようかとした時、基本的に人見知り（ひとみし）りの下田が珍しく、口を開いた。

「僕らはハイキングコースから迷ってしまって、やっとそこの道から出られたところなんです」

おい、何を言ってんだ？　下田。それはこないだの僕のことだし、第一、お前は他人に敬語なんか使わないだろう？　そんなに怖いのか？　この人が。

僕の心中はこんなところだった。

「え⁉　そこの道から？　そら大変やったね。へぇー、なんか面白いものでもあった？」

急にニコニコしながら彼は言ったが、僕らは彼の唐突な豹変に、かなりの違和感があった。焦っているような、何か無理矢理に笑顔を作っているような……。まぁいいや、と思って僕は、

「川沿いに、小さな祠（ほこら）みたいなのありますよね。あれって何ですか？」

と聞いた時、位置的に僕に背中を向けて、彼と僕との間に入っていた下田が、背中の腰のあたりで指で×を作っていることに気がついた。

「そこ行ったんか？」

彼は尋ね返してきたが、穏やかに話そうと努力しているが、隠しきれていない焦りが、彼の挙動に見え隠れしていた。

「いや。行ってないです。川の反対側から見えただけで。とりあえず、何やろって話してただけです」

と下田が言う。

「そうか。行ってないんやな」

と安心したのか、彼は溜息をついた。僕はあのプレハブについても聞きたかったのだが、下田の態度が気になって何も言えずにいた。すると、

「あれはな……」

と彼は自分から話してくれた。

かいつまんでいうと、昔、その神社付近の村で、子どもが神隠しに遭うことが頻発した。その犯人の正体は山に住む猿の化物(ばけもの)だった。村人はそれを恐れて退治しようとした。そして違う土地から神主を招いて神社を作り、猿の化物を封じ込めるためにあの祠を作った。それ以来、神隠しは止んだのだが、禁忌として、ある特定の時期には川の向こう側には入ってはいけないとした。禁忌を破るとまた災いが起こる、と言われているらしい。想像した通り、今がまさにその時期のようで、まさか僕らが入ったのか？　と彼は思い、焦ったらしい。

「とりあえず入ってないならそれでええんや。早よ帰りや」

とまたぶっきらぼうに吐き捨てるように言われ、彼はまた元来たほうに戻っていった。いつもなら腹が立つのだが、そんな場合じゃない。僕らはまともに川向こうに入ってしまっていた。だが何か、僕はその伝説に、恐怖感を覚えなかった。古い話でかいつまんで話されたからなのか？

「おい、行くぞ」

とこっちを振り向いた下田の顔は疲れきっていた。

「お前、大丈夫か⁉」

と聞くが、

「早く！　行くぞ！　早よしろ！」

と急かす。

僕らは山に登る時は、どこから下りてくるかわからないことが多いので、乗り物は近くの目印になる場所、その時はスーパーに原付を停めていた。だから小走りでその神社を出てスーパーへ向かった。何となく、神社を出る時に振り向くと、先刻の男性が、拝殿の脇に停められていた軽トラの陰から、こちらを見ていた。なぜだかわからないが、背筋がゾッとした。

マラソンをしているようにほとんど無言で、僕らはスーパーに辿り着いた。下田とトイレに行き、手と顔を洗った。鏡の前で、

「おい、どうしてん？」

と彼に聞いた。すると、

「外で話す」

と、また缶ジュース片手にベンチに座った。

「おい、あいつの話っていうか、あいつ、なんかおかしくなかったか？」

と僕に聞く。確かにそう思う。威圧的だったり友好的だったりと、情緒不安定だったような……。

「確かになんか気持ち悪かったな」

と、下田の顔を見た時、彼は固まっていて、膝の上に置かれた手が震えていた。

「おい！　どうしてん！」

と焦って僕が聞くと、

「振り向くな。あいつがいる」

と僕に言った。全身に鳥肌が立った。

「あいつって。さっきの？」

彼は頷く。

「逃げよう。すぐ帰ろう」

と下田が席を立とうとしたが、今度は僕が、

「待て」

と彼を止めた。先ずは冷静にならないといけない。別にがっつり戦っても負けやしない。ただ下田の妙な怯えっぷりが気になった。

「そんなにびびんなよ。なんやったら、ちょっと行ってきたろか」

「アホか！　しばくとかじゃない！　殺されるぞ！　とにかく今は本気で逃げ切る方法を考えろ」

と言われた。殺されるというのは比喩だろうが、この怯えよう……。何かありそうで僕も怖くなってきた。

「うーん……」

だが、僕は下田よりも余裕があった。だから本気で逃げるなら、逃げきるつもりなら、原付のナンバーも危険じゃないか？　と彼に伝えると彼もそれに同意し、感謝までされた。スーパーを出る時に、チラッと振り返ると、確かにその男性のような人物がいて、こちらを見ていた。本気で怖くなった。

だからこそ僕らは電車で帰ることにして、ご丁寧にも途中の駅で下車し、ゲームセンターのトイレの窓から外に出て、一駅分後ろを気にしながら歩き、また電車で帰るという手段をとった。その間、ついてきているかもわからない相手から逃げ切る手段しか話をしていない。地元に着いた時には疲れきっていた僕らは、詳しい話を後回しにして、とりあえず家に帰って休むことにした。

だがやはり、あいつにばれていた……。なんてオチはない。あの神社には、その後も行ったことはあるが、それ以来あいつを見たことはない。後日、怯えながら二人で原付を取りにいって、すぐに地元にとんぼ返りし、一番落ち着ける場所、僕の家で下田に詳しい話を聞くことにした。

「おい。あのプレハブ覚えてるか？　黒い袋があったやろ……」

下田はそう話を始めた。

「あったあった。あ、そうや！　ひょっとしてご神体のことか？　ランドセルの上にあった」

「ランドセル。あったな。赤いやつ」

どうやら下田が恐れているのはご神体ではないらしい。そして下田はとんでもないことを言った。

「ランドセル背負ってた子。あの中におったかもしれへん……」

「は？　人がおったん？」

「いや。わからんけど……」

「はっきり言えよ！」

「黒い袋やって。一個破れてて、中から手が見えた」

一瞬の沈黙、一瞬で噴き出る汗。

何だ？　何を言っている……。あれらは人が隠れられるような大きさではなかった。つまり、あの袋の中に……手首だけが入っていた……とでも言うのか？

「は⁉　嘘やろ。見間違いやろ」

「見間違いかもな……」

と力なく言った。

違うんだろうな。きっと確信があるんだろうな……。あの下田の豹変ぶり。

僕はそう感じた。だから早く山を下りたかったのか。万が一、それをした人間が帰ってくる前に……。

「神社まで行ったからもう大丈夫と思ったよ。最初はな……」

彼は続けた。よく見ると彼は震えている。

「あの時、ベンチに座ってさ。お前、おじぎしたやろ？　で俺も振り返った」

「うん」

たしかにあの時、方向的には下田の後ろ側に、あいつがいた。

「振り返った時に、目に入ったんは軽トラやってん」

「ああ。そういやあったな……」

「軽トラの荷台見たか⁉」

「いや」

「あの黒い袋がのってた」

僕も体が震え、汗が滲(にじ)み始めた。

「それは死体じゃないと思う！　でもな同じ袋やん。同じ袋を持っててんて！　しかも意味わからん話するし……」

確かにあいつは何かがおかしかった。ああいう話が好きだった僕がなぜ、あの話に惹かれなかったのか？　それはきっと下田の様子がおかしかったからだけではない。その場で取ってつけられたような簡易的な話、またあいつの情緒不安定さもあっただろう。

「スーパーにも……あいつ、いたし。確実に俺らを殺す気やったやろ……」

下田はファインプレーだった。意図はしていないが、その時に僕にそれらのことを知らせなかったのだから……。そんなことを知ってしまえば冷静でいられるわけがない。最悪の場合、つまりあいつが本当に殺人犯だった場合、僕らは原付のナンバーも覚えられていて、そして……。

僕は本当に心底震えあがった。その後しばらくは不安で外を出歩くのも嫌だった。その神社があった地域で、何か事件がなかったか毎日、新聞をチェックした。しかしバラバラ殺人はもちろん、どんな事件も報道されなかった。ただ、今考えれば、スーパーにあいつと似た人間がいて、それに下田が過剰に反応し、それにつられて僕もそう思ってしまっただけではないか？　また黒い袋の手も、あのプレハブには彫像がたくさんあったのだから、その一部かもしれない。何よりも僕らは若かった。あの時はまだ免許も取り立ての十六歳だったから……。

それを考慮に入れても、あの時に出会ったあいつが何か変だったことは否めない。それがずっと心にひっかかっていた僕は、大人になってからあの神社を調べにいったのだ……。

あの神社に管理者はいなかった。仕方ないので周辺の神社や寺に聞いてみたところ、やはりあの時に聞いたような伝説はなかった。しかも僕らがあの神社に行った当時、その神社は神主不在だったこともわかった。山中の祠に関しては、詳しいことはわからなかった。ただ、祠の奥には過去に本殿があったらしく、徳川が豊臣勢を攻めた際に、付近の集落ごと焼失したとのことだ。その焼失した神社は聞けば誰でも知っているような有名な神社だが、あの祠とは関係ないようだ、とのこと。誰かが、いつの頃か勝手に作った個人的なものではないか、とも言われた。僕らが奥で見たプレハブの存在など、誰も知らなかった。

ならあいつは、神主不在の神社で一体何をしていたのだろうか？　竹箒を持っていたのも事実で、やはり掃除に来ていた地域住民だろうか。なぜあんな話をして、僕らをあの場所に近づけまいとしたのだろうか？　あの存在しないはずのプレハブに使われていた素材には襖のようなものや、障子や和紙もあった。そしてあのランドセルの上に置かれたご神体のような鏡。周りに並べられていた彫像には狛犬のような物や地蔵のようなものもあった。まるであれは、その辺から盗み集めてつくられた手作りの神社……。そういえば下田と来る前、僕が一人で迷っていた時に聞いた、あの「キーヒッヒッヒ」という声は猿のそれに似ていた。猿の化物……？　それだけはあいつが言っていたことと一致するが……。所々で相違する事実と証言。一番腑に落ちる解釈が、近くの神社で言われた、

「狐にでも化かされたんじゃないか？」

だった。結局、真相はわからない……。

田ノ中からの電話

ある昼下がり、僕は一人、塾で眠気と闘いながら事務仕事をしていた。

「プルルルル！」

と僕の目を覚ます電話の音。電話に出ると、

「もしもし、田ノ中と申します。今からそちらに伺いたいんですが、大丈夫でしょうか？」

と男の声で唐突に用件を言われた。賑やかな場所からだったのか、やたらと向こう側はうるさかった。

「はい。ええっと。入塾に関してですか？」

「はい」

「今から大丈夫ですよ。ではお待ちしています」

「では今から行きます」

と電話は切れた。急な入塾説明になりそうだった。

田中さんじゃなくて田ノ中さんか。珍しいな……。と思いながら、僕はとりあえず入塾説明の準備を始めた。

「プルルル！」

「田ノ中からです。すみません。○○のコンビニまで来たんですが。ここからどうやって行けば……」

塾の場所がわかりにくいのか、と思った僕は、そこから塾までの道のりを説明した。そのコンビニは塾から少し離れた所にあるが、道のりはそこから真っ直ぐ一本道だ。

田ノ中からです……か。焦っていたのかな……と少し笑えた。しかしやはり電話の向こう側は、やたらとうるさかった。特にサイレンの音が……。

「プルルル！」

「もしもし田ノ中からです。ポストの前にいるのですが……」

ポスト？　正直あったかどうかも覚えていない。さきほどの場所からなら一本道のはずだ。だから僕はさきほどと同じように、コンビニからの道のりを説明した。するとすぐに、

「プルルル！」

と鳴り、

「もしもし田ノ中からです。今、スーパーの前あたりです」

と言ってすぐに切れた。電話の声は息が切れ始めていた。ここで初めて僕は不安感に駆られた。

なんだ今の電話は？　報告する意味があるのか？

「プルルルル！」

「もしもし田ノ中からです。今、〇〇マンションを越えました」

「ちょっと待って下さい！」

僕は切られる前に言った。

「あの失礼ですが……」

次の言葉が出ない。この時には僕は正直、この電話の主は不審者の類（たぐい）ではないかとも感じていた。

その間、田ノ中さんは無言だったが、

「もうすぐ着きます」

と言って電話を切った。その声が今も忘れられない。低く無機質でなんとも言えないしわがれた声だった。僕は怖くなった。正直、人間の声とは思えなかった。最初に電話をかけてきた時の声はこんな声だっただろうか？

「プルルルル！」

また電話が鳴る。僕は電話に出るのが怖くなった。いつもは何気なく電話に出るのだが、今回はナンバーディスプレイで確認した。するとそれは携帯番号ではなく、ハウスフォンからの番号だ。

別人からの電話だろう。「田ノ中」を名乗る男は移動している。つまり携帯電話を利用しているはずだから……。僕は平静を装い電話に出た。

「もし…もし…田ノ中…です……。今……やっと、そちら…が見え…て…きまし…た。すぐ…に…」

実にたどたどしい声だった。急いでいて息が切れたのか、それとも別の理由があったのかはわからない。だが例えようもないほどに、それが本当の新規の入塾希望者であったとしても、我慢(がまん)ができないほどに不気味な声だった。全身に鳥肌が立った。思わず僕は最後まで聞かずにその電話を切った。なぜハウスフォンの番号からかかってくるのかも不明だったし、また電話の向こう側がやたらとうるさいことからも、その相手の「田ノ中」が、どこか屋内にいるとは思えないのだが……。

僕は焦った。逃げるべきかとも考えた。しかし相手はもうかなり近くにいる！　逃げる暇がないし、実際のところ、逃げる理由などないはずだ！

そんなことを考えている間に、また電話が鳴った。僕はそれを取る気はなかった。そして僕は経営者として、また大人としてあるまじき行為に出た。僕は扉に鍵をかけ、電気を消して居留守(いるす)を使ったのだ。理解不能の事象が続き、僕自身、変になっていたのかもしれない。

窓から煌々(こうこう)と日の光が入るので、電気を消しても暗くはない。その点は大丈夫だが、気をつけるべきことは入口のドアだ。入口のドアはガラスなので、外からも中が丸見えだ。だから僕は塾の後方、トイレ近くのパーティションに隠れるように椅子に座り、息を潜(ひそ)めていた。電話は鳴り続けている。先刻の電話から計算して、そろそろ到着していてもいい頃だ。

それとも、もうすでに階段を上りきり、ガラスの扉のすぐ向こう側にいるのか？ いや、きっとそれはない。人が階段を上ってくると音がする。聞き逃すはずがない！ 特に今のように神経を集中している時は！

電話は鳴り続けている。張り裂けそうな心臓とともに流れ落ちる汗。極限の緊張感の中、僕はそれを押さえ込みながら部屋の奥でじっとしていた。

どのくらい経っただろうか。いつの間にか電話は止まっていた。それでも僕は簡単には動けなかった。しばらくそのまま、昂(たかぶ)った精神が落ち着くまでそこに座ったままだった。日は落ち始めていた。その時の僕は何よりも闇を恐れていた。電気のスイッチは扉のすぐ脇にある。電気をつけるために僕は扉のほうに向かった。

「プルルルル！」

突然また電話が鳴った。僕は仰天したが、それは一コールで切れた。と同時に階段を駆け上がってくる足音。僕は完全に固まったまま扉を凝視していた。そしてガラスの向こうに現れたのは、これから授業がある小学生二人組だった。思ったよりも時間が過ぎていたらしい。彼女らはいつものように扉を開けようとしたが、扉には鍵がかかったままだったので、まるで跳ね返ったように、踊り場で尻餅をついた。踊り場についた手と踊り場の床、そしてガラス越しに僕を見て目を丸くして

いる。尻餅をついた彼女を見て驚いた僕は、すぐに鍵を開けて、

「ごめん、ごめん。大丈夫？」

と尋ねると、彼女は照れ笑いをしながら、

「大丈夫やけど。先生、これ何したん！」

と踊り場の床に目配(めくば)せした。

「え？」

と踊り場をよく見ると、そこは砂だらけだった。

落ち着いてから気がついたのだが、僕の体験したことは、都市伝説「メリーさんの電話」によく似ている。

都市伝説の「メリーさんの電話」を簡単に要約すると、

「もしもし私メリーさん。今から行くね」

と突然電話があり、またすぐに、

「もしもし私メリーさん、今〇〇の前にいるの。今から行くね」

と段々と場所が近づいてくる。そして、

「もしもし私メリーさん、今、玄関の前にいるの。今から行くね」

「もしもし私メリーさん、今、あなたの後ろにいるの……」

というような話だ。これは僕の経験と似ていないだろうか？　この都市伝説の最後は知らないが、僕のほうはいやに納得できる最後を迎えた。

授業が始まってしまえば、余計なことを考える必要はない。何よりも生徒たちは元気をくれる……はずだった。しかし僕はこの階段を上ってきた小学生二人組から、背筋が凍りつくような報告を受けることとなる。

「先生、知ってる？　今日さ、学校の近くで死体が見つかってんて……」

「え？　マジで⁉」

「学校の近くの田んぼの中で見つかったって」

「死因はなんなん？」

「知らん。でも今日の午前中とか大騒ぎやったし。青いシートかけられて、さっきもパトカーとか止まってたで」

「なんやろな。君らも気をつけんとな……」

とその時はそう言ったが、後々考えると、

田んぼの中で死んでいた？　田の中で死んでいた？　田ノ中で死んでいた？　田ノ中？

また思い返してみると、「もしもし田ノ中からです」と妙な電話のかけ方だった。田ノ中から？

田の中から、田んぼの中から、今から行きます……？

　こじつけにしても、僕は怖くなった。また踊り場に散らばる砂。後から講師に付き合ってもらって掃除したのだが、それは砂というよりは、泥が乾いて固まったような感じだった。ひょっとして件の「田ノ中」は階段の踊り場、ガラス扉の前まで来ていたのか？　そして体や衣服に付着していた田んぼの泥を落としていったのか？　また「田ノ中」からの電話の向こう側はうるさかった。わいわいガヤガヤと人の声やサイレン。あれは事件に群がる野次馬とも思える。まさか田んぼの中で、群がる野次馬の中から電話を……？

　こんな経験をした僕は、あの都市伝説「メリーさんの電話」もあながち嘘や誰かの作り話ではないようにも思える。

　なぜ、僕だったのかはわからない。だが、僕にはなぜかこういうことがよくある。同僚が指摘するように、生徒の悪戯と妙な偶然が重なっただけかもしれないが……。

幽霊アパート

僕はラジオ体操の冒頭部分が嫌いだ。今も不意に耳にすると鳥肌が立つ。

大学生の頃だ。友人の下田と、幽霊が出ると噂の廃アパートの探検にいった時の話だ。

幽霊アパートとはよく言ったもので、ひび割れたコンクリートの壁に濃い緑色の外観、薄暗い内部、その全てが中々の雰囲気を醸し出していた。だが、オカルト好きな僕らには、その雰囲気を楽しむ余裕があった。

最上階にあたる三階の、一番奥の部屋。噂ではそこの押し入れから身元不明の変死体が見つかった。その後、その部屋に住んだ何人もが自殺、事故で亡くなったり、また行方不明者も出たという。

その部屋のベランダから飛び降りようとして偶然助かった人がいた。そのアパートの管理人だ。

彼の話では、ある晩、自室で眠りについたはずの彼は、ふと、夜中に目を覚まし、空室となって久しいその部屋でたった一人で立ち尽くす自分に気がついた。そのままフラフラと引っ張られるように、その部屋のベランダへと自身の足で歩いて行き、理由もないのにベランダから飛び降りようとしたという。しかし、そこにあった何かにつまずき、柵で頭を打って正気に戻ると、管理人室に逃げ帰って朝まで震えていたようだ。その管理人はその後、お祓いを頼んだ。しかしそんな何人も死人が出たようなアパートには、だんだんと住む人もいなくなり、いつしか幽霊アパートと囁かれるようになった。その後、廃アパートとなるまでに時間はかからなかったようだ。

下田がこの話を仕入れてきたのだが、最後に、

「悪霊よりも、正体不明の何かもっと妙なモノがいるらしい」

とも言った。彼は機会があれば、いつか行きたいと思っていたようで、今回、僕が免許取り立てで、慣れないドライブに誘ったはいいが目的がなく、結局僕ら二人が揃ったなら、というわけで滋賀県にまで来ていた。

「立入禁止の役割全く果たしてないな、これ……」

広場のような草むらに囲まれ、人気がほとんどない場所に、ひっそりとそのアパートは建っていた。立入禁止と書かれたオレンジ色の標識の横をすり抜けて、少し歩くとアパートの管理人室がある入口に到着した。アパートの内部は廊下があり、その両側に部屋がある。まさに昭和の安アパートという感じだ。外からの光が入る小さな窓があるにはあるが、中は薄暗い。入口付近の小窓のある管理人室は荒れていて、バラバラになった書類のようなものや、埃を被ったブラウン管テレビ、そして「三階ヤバイ」と書かれた赤いスプレーの落書きが目立っていた。薄暗い廊下には部屋につ

ながる木製のドアがいくつか見えていて、鍵がかかっているものと、いないものがあった。片っ端からドアノブを握って開けてみたが、がらんどうでボロボロの畳と、破れた襖、割れた洗面台といった具合に、やはり中は荒れていた。

そのうちの一部屋を見ていた時、割れたガラス越しのベランダに何か、大きな影のような物が落ちるのが見えた。反射的にそちらを見ると、巨大なカラスが飛び立ったところだった。正直冷や汗が出た。ため息をついて下田のほうを見ると、人差し指を立てて、僕に「静かにしろ」のポーズを取っている。二人の間に緊張が走る。二人とも、そのポーズのまま固まっていると遠く、上の階から、「キィィ……ガチャン」とドアの開閉のような音が聞こえた。

誰かがいる。僕らはそう思った。ここで考えるべきなのは、撤退するか否かだ。だがその音は、何度も続き、また明らかに規則的なので、風が原因の偶発的な何かだと思われた。僕らのような肝試しをしている人間が、アパート内にいる可能性もあるのだが……。

とりあえずまだ撤退には早い。続行だ。僕らは慎重に上階を目指した。忍び足で奥にある階段を登る。恐らく音が聞こえてきたのは三階からだ。二階も薄暗く開いたままのドアから幾つかの部屋の中を覗けたが、どこの部屋も荒れていて不気味だった。腰を屈めて、三階へと続く階段を窺う。相変わらずガチャンガチャンと音は響いていたが、風が止んだのか、不意に聞こえなくなった。

「やっぱり風のせいやったみたいやな……」

「ああ。ちょっとびびったな」

と二人して笑った。

「じゃ、行くか。三階の一番奥やったっけ？」

「そや。面白かったら今度は夜、ビデオ持ってこよう。投稿して金稼ごうぜ」

などと笑っていたのを覚えている。

三階の廊下も荒れていて、洗濯機の残骸が小さな窓の下に散らばっていた。

「何が鳴ってたんやろ」

とりあえずは音がするようなものはない。

「おい。一番奥、開いたままやな。あれが鳴ってたんかな？」

「よし、とりあえず行ってみようぜ」

そうして僕らは噂の一番奥の部屋に足を踏み入れた。が、開いたままのドアをくぐると一目でわかる異常さがあった。

西陽が射し込む畳敷きの、六畳ほどの部屋の真ん中には丸いちゃぶ台があり、ご丁寧に二つの湯呑みまで置かれている。片隅には時代遅れの四つ足の真空管テレビ。そしてきちんと畳まれた布団が置かれていた。……つまり綺麗すぎるのだ。荒れているのが当たり前の状況の中、唐突に綺麗な部屋に出くわすと、異世界に迷い込んだような錯覚に陥る。恐怖というよりも不思議な感覚だ。間もなくそれも恐怖に変わるのだが……。

「なんやこれ。誰か住みついてるのか。布団も綺麗やし……」

下田にそう言った直後、

「ガンッ！」

と、音を立ててドアが閉まった。

「うわっ！」

二人とも声が出た。驚きで一瞬息が止まった。二人でドアを見る。誰かが閉めたわけではなさそうだ。驚きで息を切らせながら、

「ここのドアやった？　鳴ってたの」

「建て付けが悪くなってんかな。とにかくびびった」

「今ので一気に疲れた。押し入れとかもうどうでもいいわ」

と僕がボヤいた時、「コツコツコツ……」と廊下を歩くような音が聞こえて、僕らは緊張した。

「誰か来た？」

足音はまだ遠い。誰かがいるのならたぶん二階だろう。どうするべきか迷う時間もない。とりあえず逃げ出したかったが、どこに逃げる？　逃げるには二階を通らなければならないのだ。足音の主と鉢合わせするのはどうにか避けたい。

「キィィ……ガチャン！」

確実に誰かがいる。ドアを開けて閉める音だ。風ではなかったのだ。

「おい。ドア開けて入ったよな。なら今は廊下にはおらんやろ」

「キィィ……ガチャン」

「あかん。出てきた。今、二階よな」

「おい、この部屋に住みついてる奴じゃないか？　ってことはヤバイ。この部屋に来る」

そう、この部屋は綺麗すぎた。つまりこの部屋を綺麗に保っている何者かがいるはずだ。

「キィィ……ガチャン」

気配はだんだんと近づいてきている。どこかに逃げるにしろ、隠れるにしろ、この部屋にいるのはまずい。

「とりあえず違う部屋に行くぞ」

僕らは音を立てないように注意して入口を出た。ちょうど隣の部屋のドアにも鍵がかかっていなかったので、そこに逃げ込んだ。汚く荒れた部屋だったが、逆にそれに安心感を持てた。

「……コツコツコツ」

足音はどうやら三階に辿り着いたようだ。下田が押し入れを開けた。カビ臭い、嫌な臭いがした。

そこに隠れるつもりだったようだが、木製のタンスがちょうどぴったりと収まるように入っていて、とても人が入れるようなスペースはなかった。そのタンスは半分が赤黒く染まっていて、まるで血のようだった。だが僕らはそんなものに恐怖を感じている場合ではなかった。物理的な恐怖が今、そこに迫ってきている！

「キィィ……ガチャン」

「……コツコツコツ」

足音からして相手は一人だ。だが、行動が普通ではない。一体何をしているのだろう。ドアを開けてすぐ閉めて次に向かっている。まるで誰かを探しているような……。

ひょっとして……、探されているのは僕らか？

全身が総毛立った。

「とりあえずドアから見えない場所に隠れよう」

「相手は一人っぽいぞ。最悪の場合、やらなあかんな」

と僕は、その辺に落ちていた木材のような棒を下田に渡しながら隠れた。

「キィィ……ガチャン」

「……コツコツコツ」

ついに足音が三階まで来た。

くそっ。こいつは何をしているんだ？

部屋のドアを開けるだけで中にまで入っている形跡はない。

なんだ？　何をやっている？

自分の心臓の音がうるさいほど響く。

「……コツコツ」

動いてもいないのに、汗がポタポタと垂れ落ちた。そして、急に足音が止まった。どこに？　僕らのいる部屋のドアの前だ！

開けるなら開けろ！

手にもった角棒に力が入る。しかしいつまで経ってもドアが開く気配はない。張り詰めた緊張感を保つのも限界だ。ゆっくりと……本当にゆっくりとドアの見えるところに顔を出してみた。しかし当たり前だが、ドアの内側以外は何も見えない。

「何してんやろ。コイツ……」

「足音からして、その扉の前にいるよな」

さらに何の音もしないまま一五分は待っただろう。

「どっか行った？」

「足音なんかせんかったやん。まだそこにいるんちゃうんか？」

またさらに一五分ほどが経った。こういう時、体感的にはかなり長時間に思えるものだ。僕らは限界だった、本当に……。

「おい。とりあえず俺がドア思いっきり開けて外に出るから、すぐについてきてくれ。やるぞ」

僕の覚悟は決まった。

「マジ⁉」

と言う下田と、自分自身に考える暇を与えず、角棒を握りしめ、ドスドスと部屋を進み、ドアを少し開けてから乱暴に蹴った。そのドアに当たって一発ＫＯが望ましいが、そこまで甘いとは思っていない。すぐに廊下に躍り出て、周りを見回す。下田がそれに続く。しかし周りには誰も確認できない。

「誰や！　やるんやったらやったんぞ！」

と声を上げたが、全く物音一つしない。興奮状態になった僕はそれをぶつける相手を探し、先刻の一番奥の小綺麗な部屋も開けてみたが、やはり誰もいなかった。下田も違う部屋を探していたが、誰も見当たらなかったようだ。

気のせい？　やっぱり風でドアが開いたのか？

笑うしかないはずの結果だが、さきほどの気配は気のせいでは納得できない存在感があった。

「ほんまに気のせいかな……」

「とりあえず疲れた。出よう」

コツコツコツ。

さっきの足音だ。二階のほうからする。

「行くぞ！」

なぜ、そう言ったのかはわからない。極度の興奮状態だったからか、正体を知りたいという好奇心からか……。僕は音がするのも構わず、二階へ急いだ。誰もいない。だが、足音は鳴り続けている。どこからだ？　音の鳴る方向には洗濯機の残骸があり、小さな窓がある。その窓から風が入り、洗濯機の残骸のプラスチックのコップのようなものが、壁にコツコツと当たっていた。

「これか！　くそっ」

と悪態をついた。

「腹立つな」

下田も疲れた笑いを見せる。どっと疲れが押し寄せた。

「まぁなかなか面白かったな」

不必要になった角棒を捨て、アパートから出た。日が傾いてきた。

「さて。帰るか」

と車に乗ったが、下田の様子がおかしい。

「ピッチがない……」

この頃は携帯電話よりもＰＨＳのほうが安く、それを持っている人も大勢いた。

「さっきのアパートで落としたかも。探しにいかな……」

おいおいマジか……。もうすぐ日が暮れるぞ。

「行くなら早く行こう！　暗くなったら絶対見つからんぞ」

無駄な問答は無用だ。嫌味よりも、愚痴よりも、今は時間が惜しい。念のために車に常備されている懐中電灯を片手に、急ぎ足で再びアパートに向かった。落としたとするならば、やはり二階から三階あたりだろう。……まずい。日が暮れる。アパートの顔が……、雰囲気が変わり始めた。

「行こう！」

こういう時は脳に考えさせてはいけない。余計な不安まで増えてしまう。二階に着いた。もうすでに中はかなり暗い。自分たちの痕跡をたどり、ライトを当てて探すが見つからない。

「キィィ……ガチャン」

三階からまた音が聞こえて、体がビクッとした。

「また風かよ。うっとうしい」

そうだ！

「おい！　俺が携帯でピッチ鳴らしたるわ！」

焦っていたのか、それを思いつくまでに時間がかかった。すぐに僕は下田のＰＨＳに電話した。

遠くで着信音が聞こえてきた。どうやら三階かららしい。ほっとした。やっと終わりが見えたのだ。

「三階やな。よかったな。見つかって」

と先を歩く下田に言った。三階に到着した。

さて電子音はどこから聞こえてくるのか？　どうやら廊下には落ちていないらしい。となると、僕らが入ったのは二部屋だけだ。一番奥とその手前。電子音が聞こえるのは一番奥、あの綺麗すぎた部屋かららしい。先を急ぐ下田についてその部屋へ向かった。すっかり忘れていたが、この建物のこの部屋では人が死んでいるのだ。いや今は忘れよう。ＰＨＳを探すことに専念しなければ……。

「ガチャ」

下田がノブを回す。

「ガチャ！　ガチャ！」

何をしてるんだ？

「ガチャガチャガチャ！」

「おい！　早よ開けろよ」

「鍵がかかってる！」

そんなわけがない！　何よりもさっき、僕らが入った部屋なのだ。下田はもうパニックに近い。

「あ？　んなわけあるか！　どけ！」

信じられない僕は下田に変わりノブを回したが、確かに鍵がかかっているようだった。嫌な汗が出てきた。僕はそれを振り払うようにドアを思いっきり蹴った。何度も蹴っているうちに、ついに蹴破（けやぶ）った。そこから無理矢理手を突っ込んで、内側から鍵を開ける。気になることは山ほどあった。だがまずは……。

電子音はどこからだ？　僕が懐中電灯で部屋を照らし、下田が荒れきった部屋に入る。中に人がいる可能性は大いにあったのだが、その時の僕らに全くその考えはなかった。結局、人はいなかったのだが……。

不意に電子音が止まった。呼び出しすぎて充電がなくなったか？　僕は手に握った自分の携帯を見る。緑色に光るディスプレイに表示された文字は「通話中」。意味がわからない。僕は反射的に携帯に耳を当てた。

「シー」

繋がってはいるが、何も聞こえない状態だ。

だが突然音が割れるぐらいの音量で、

『ザザ…ピー……。腕を前から上にあげて、大きく背伸びの運動から……』

と聞こえてきた。携帯を耳から話しても十分聞こえる音量で、

『ザザ……。腕を前から上にあげて、大きく背伸びの運動から』

とラジオ体操の冒頭の部分がしつこく繰り返されている。気味が悪くてすぐに切った。薄暗く荒廃をみせる部屋の真ん中から、下田もこちらを見ている。

「何、今の⁉」

僕は無言で首を振って答えた。下田もそれ以上は聞いてこなかった。代わりに、

「すまん。もっかい鳴らしてくれ」

と頼まれた。嫌だったが仕方なく、もう一度電話をかけてみる。電子音が鳴った。押し入れ付近からだ。僕は床を照らす、下田が携帯を探す。そうしながら二人で電子音の方へ向かうと、どうやらそれは押し入れの中から聞こえてくるようだ。押し入れの襖は閉まっていた。

なぜと聞きたいのを堪えて、僕らは無言で立て付けが悪く開けにくい襖を強引に開けた。襖の奥には、赤黒い染みのタンスがある。そのタンスの中から電子音が聞こえる。僕らがさっきこの部屋を出た直後、誰かがこの部屋に入り、下田が落とした携帯をこのタンスにしまったのか？　全身が再び総毛立った。下田も泣きそうな顔で引き出しを開けている。引き出しは長い間、開かれなかったように引っかかり、簡単には引き出せない。何者かが、今しがたそれを開けてＰＨＳをしまったはずなのに……。

そしてそれ以外に妙な違和感がある。僕らは今、一番奥の部屋に入ったのだ。一番奥の部屋は誰かが住んでいると思わせる綺麗な部屋ではなかったか？　それなのに、なぜこんなに荒れ果ててい

るのだ？　全身が硬直し、髪の先まで総毛立つのを感じた。

理解しきれない矛盾で硬直したままの僕を横目に、ほとんどタンスの引き出しを壊すように、下田はＰＨＳを取り出した。

「早く行こう！」

目的を達成したので、もうそこに用はない。だが、

「キィィ……ガチャン！　ガチャン！　ガチャン！」

外から複数の扉を閉める音がする。

「風よな？」

「風や」

と無理矢理に納得する。

「……ブン」

何かのスイッチが入るような音がした。壁越しに『腕を大きく前にあげて……』とラジオ体操の音が聞こえてきた。

恐怖が限界に達した。足早にその部屋を後にして僕らは逃げ出した。

やはりその部屋は、三階の一番奥の部屋で間違いなかった。奥から二番目の部屋のドアは閉まったまま……。さすがにそこを開ける余裕はなかった。しかしラジオ体操が聞こえてきたのは反対側

の壁越し……いわゆる奥の奥、部屋など何もないはずの場所からだ。いや、先刻の綺麗な部屋はどこにあった？　荒れた部屋の隣……、奥の奥か？　つまり……明るいうちに僕らが入ったのは……現実には存在しない部屋で……、この不気味なラジオ体操の音は……その存在しない部屋から……。

そんなふうに一瞬、廊下の奥を見て立ち止まっていると、

「おい！　行くぞ！」

と声をかけられ、僕は我に返った。

「いや……。でも」

「いいから行くぞ！」

と服を引っ張られて走った。またコツコツと足音がするが正体はわかっている。さっきよりもかなり間隔が早いが無視だ。僕らは逃げた。とにかく逃げた。

「カッカッカッ」

足音が一階、そして外に出ても聞こえたが、正体はあのコップが風で当たって出ている音だ！　間違いない！　立入禁止の標識を越え、車に飛び乗った。エンジンをかけ、発車させようとしたとき、「ドン！」と助手席のドアに何かが当たる音がした。僕はそれを無視して車を発車させた。車の中で色々と下田と話したが、結論が出るはずもない。

下田は間もなくＰＨＳを変えた。理由は故障だ。あれ以来、夜に勝手に着信音が鳴るらしい。マ

ナーモードにしていても、電源を切っていても……。

以上でこの話は終わりだ。これ以上は何も起こらなかった。

後から考えると、僕らが最初に入った部屋は三階一番奥の部屋で間違いない。奥の部屋が噂の部屋だったはずだから……。だがあの小綺麗な部屋は実際に存在していたのか？　またどこかの部屋に、やはり誰かが隠れていたのだろうか？　では何のために下田のＰＨＳを拾ってタンスに入れ、ドアの鍵を閉めたのだろうか？

僕はラジオ体操の冒頭が嫌いだ。今も不意に耳にすると鳥肌が立つ。今はもうどうなったのかはわからないが、ひょっとしたら、あのアパートは未だにあの場所に……。

謎の深夜番組

ある夏の話だ。

夏は夏期講習があるので普段よりも忙しい。その夏は新しい家族、子猫が増えたので特別に忙しかった。僕は捨て猫など放っておけない性格なので、最近では迷わず拾って帰ることにしている……。その子猫はまさに生まれたてで、目も開いていなかった。段ボール箱を自分の席の隣の机に置き、哺乳瓶を片手に毎日授業をしていた。授乳の周期は大体三時間おき、赤ん坊ゆえに、排泄も自分ではできないので、ほとんど眠れない日々が続いた……。

夜中に起きて授乳、トイレを終わらせたあと、ふとテレビをつけると、某有名番組が再放送で放映されていた。夏だったからか、心霊系の特集で、それは格段に怖かった。そういった番組には慣れているはずの僕が、恐怖を感じてテレビを消すという行動を取ったのだから、相当のものだったはずだ。テレビを消して一瞬で静まりかえるリビング……。ふと、物音がした。窓を……、トン……トンと叩く音が……。

何だ？　と思ってそちらを見ると、カーテンが揺れて窓にあたっていた……。

窓が開けっ放しだったのか。

そう思って確認をしにいったが、窓は閉まっていた。

窓が閉まっているのになぜカーテンが揺れる？

僕は怖くなった。先のテレビで、部屋中に嫌な雰囲気が充満していたので、些細なことでも恐ろしい想像が湧いてくる……。

と、窓の外に何かが見えた。正確には落ちて行く何かが見えた……。はっきりとではないが、それと目が合ったことはわかった。

僕は窓から後ろずさった……。閉まっているカーテンが、再び揺れている……。コツン……コツン……とまた、どうやらカーテンの向こうの窓から聞こえているようだ。まるで外側から誰かが、中に入れてくれ、と指で窓を叩いているように……。いや、カーテンが揺れているってことは外からじゃなく……まさか……中からか……？

「ピーンポーン」

突然インターホンが鳴った。驚いて心臓が止まるかと思った。その恐怖から、室内カメラで外を確認などできるわけがなかった……。窓の音は引っ掻くような音に変わった。どうにもできない、どうしようもない、逃げ場がない……。僕が自暴自棄になりかけた時に、

「にゃー」

と、段ボールから天使の目覚める声がした。我に返った僕は、自分のすべきことを思い出し、窓に向かって、

「お前に構ってる暇はない！」

と怒鳴った。そして子猫を見ると、ゴロゴロ言いながら万歳の格好をして寝転んでいた。ミルクをやり、そのまま僕は段ボール箱を持って寝室へ行き、束の間の睡眠をとった。

その翌日の昼間、僕は放映されていた先の番組が気になり、番組表で題名を確認して、何かでもう一度観たいと思った。だが番組表には、昨夜のその時間、そんな番組が放映されていた形跡はなかった。インターネットの番組表も確認したし、番組表の載っている雑誌も確認したが、そんなものが放映されていない事実が確認できただけだった。あれは一体、何だったんだろうか……。

見てはいけない窪（くぼ）み

幼い頃の記憶だ。

いつの頃からか全く行かなくなったが、幼い頃には僕にも田舎があった。岡山県の寂れた村で、近隣に昔話に出てくるようなこんもりとした山がある。その山にある石階段を上ると墓地があり、またそこには昔話に出てくるような鐘があって、毎日夕方になるとゴーン、ゴーンと鳴るのだ。そんな風景をおぼろ気ながら覚えている。しかし僕の記憶はそれだけではない。

幼い僕は田舎の村を探検気分で走り回っていた。幼い子どもは、同年代の子どもと自然に仲良くなれるものだ。僕は一人の地元の子どもと仲良くなることができた。彼は岩崎と名乗り、当時の僕よりも少し年上だった。それから短期間だったが毎日一緒に遊んだ。その中で最近まで忘れていた記憶がある。

日々の村内の探検にも飽き始めたある日、彼は、

「ここいらで一番綺麗な夕日を見れるんは、あっちの丘じゃ！」

と指をさした。その方向には二つの丘があり、手前のそれは刳りぬかれたような小さな土のトンネルがあって、その向こうのそれは高い丘となっていた。

「よし！　行こう！」

と僕らは駆け出す。だが前を走っていた彼は、トンネルの手前で急に止まり、はやる僕を制した。

「何？　どうしたん？」

彼の背中にぶつかりそうになった僕は、彼に尋ねた。

「そうじゃ。これくぐるなら言っとかなならんことがある」

彼が言ったことは、全く意味の不明なルールのようなことだった。

そのトンネルを抜けると道は大きく左にうねっている。トンネルを抜けた直後の右脇は、浅い窪みのようになっており、トンネルを抜けた際に、絶対にその窪みを見てはいけない、と彼は言う。

幼い僕の頭には、「なぜ？」という疑問は出なかったのだろう。実際には尋ねたのかもしれないが覚えていない。

僕らはトンネルを駆け抜けた。僕は足の速い彼の背中を追いかけるのが精一杯で、脇見をする余裕などなかった。目的地に到着してひとしきり夕日を楽しむと、僕は時間が心配になり帰る旨を伝えた。彼もそれを快諾してくれて、

「ルールを忘れるなよ！」

と一言だけ言ってまた駆け出し始めた。どんどんスピードが上がる彼に置いていかれないように、僕は必死で彼の背中を追いかけた。トンネルが見えた。ということは、もう村が近い。置いていかれても道には迷わないな……、と気が抜けたのか、僕の走るスピードは落ち始めた。彼はすでにトンネルに入っている。

そういえばルールがなんとかいってたな……。この道の脇の……。

と思った時にトンネルの中から、

「おい⁉　何やっとるんや！　はよう来いや！　急げ！」

と怒鳴るような大声がして、僕はまた走り始めた。今考えればたぶん彼はルールを守らせるために、わざとスピードを出していたのかもしれない。脇を見る余裕を与えないように……。しかし僕はトンネルに入る直前に見てしまっていた。夕日を浴びて赤く照らされた窪地には、膝を折り曲げ、地面に両手をついて犬が座るポーズのようにして座っている、三メートル以上もありそうな、赤く巨大な裸の人間を……。顔も覚えている。髪は肩まであり、その色は金髪か黄色、顔の半分近くもありそうな目は、笑っているように山型でほとんど開いていない。また巨大な口も笑っているようにおちょぼ口で、ハート型をしていた。実際、身の毛もよだつ不気味さだった。あの頃の僕は子どもだったからか恐怖などはなく、変な人がいるな、ほどにしか思わなかった。

その後のことは覚えていない。ただ急に予定を繰り上げて大阪に帰ることになったので、岩崎君にさよならを言えなかったのが心残りだったことを覚えている。またそれ以来、僕の家族は田舎に帰ることはなくなってしまった。岩崎君がどうなったのかもわからない。

それが最近、奇妙なことがわかった。少し前、僕の祖母が入院した。熱が出たのだが、百歳近い高齢なので、大事をとって入院という手段をとったと母は言っていた。とりあえず僕もお見舞いにいったのだが、入院の報せに驚いて飛んでいったので、見舞い品も、何もなしで訪れた。病院に到着して、思っていたよりも元気そうな祖母を見て安心したが、話すぐらいしかすることがなかった。近況報告も終え、話すことも尽きた頃に、僕はこの田舎の話をそれとなくしたのだ。それは祖母方の田舎だったので、山があって鐘があって、と話すと、祖母も相づちを打ちながら僕の幼い頃の記憶の正確さに驚いていた。そして僕が何気なく、

「岩崎君、元気かな……」

と言った時に彼女の顔色が変わった。

「岩崎って。なんでそんなこと知ってるの⁉」

「そんなことって。だって俺、一緒に遊んでたんやもん」

「え。何を言ってるの⁉」

話が噛み合わない。僕は祖母に、この岩崎君との話をした。すると、

「あんた、あの時、誰かといたなんて言ってなかったじゃないの‼」

と怒り口調で言われたが、僕自身はわけがわからない。ただそれほどの問題か？　岩崎君といたか、いなかったか、が。僕はその旨を伝えると、彼女は驚くべきことを話してくれた。

僕が行ったあの村には、当時「岩崎」の姓を名乗る世帯など存在していなかったこと。祖母が若い頃には「岩崎家」は存在したが、その家の子どもが行方不明になり、しばらくして引っ越してしまっていたこと。あの付近では昔から何十年かというある規則的な周期で子どもがいなくなるという、いわゆる「神隠し」が起こっていたことなど。行方不明になった岩崎君は、当時の祖母も知っていた。彼は当時の彼女よりも若く小学生の頃に失踪した。彼女は彼と直接的な交流はなく、仲が良かったわけでもなかったので、人づての噂程度でしか聞いたことがなかったのだが、彼は失踪の数日前から怯え、おかしなことを口走るようになっていた。「引っ張り込まれる……」と。

彼が言ったことや、怯えていた状況から、犯罪の可能性も考慮され、警察も動いたらしいが、手がかりといった手がかりは見つけられなかったらしい。彼の靴と爪以外は……。剥がれた爪と靴はトンネルの脇の窪みのような場所で見つかった。そうあのルールの場所。赤い人がいた場所だ。

そして祖母は話してくれた。僕が最後に田舎に行ったあの日、僕は夕暮れにたった一人、放心状態で帰ってきたらしい。そして何度も言った。「引っ張り込まれる……」と。

岩崎事件を知る祖母を含む村民たちは驚いた。寺にお祓いに行こうという意見でまとまりかけていた中、母はその日のうちに僕を車に乗せ、大阪に逃げ帰ることにした。結果的に僕は助かったのだが、数日間ひどい熱が出て入院したらしい。入院中、僕は何度も、酷い時には吐いている最中にも「お化けがくる」とうなされていたという。

「ばあちゃん。俺、そんな話、初めて聞いた」

「ああ。覚えていないと思っていたからなぁ。言う必要もなかろう」

「なぁ。ひょっとして俺が田舎に連れて行ってもらえなくなった理由って……」

祖母は小さく頷いた。

つまり僕は岡山県には近づかないほうがいいってことか。

今はもうどうなったのかわからない。あの村がまだ存在するのか。そしてこの現代においても「神隠し」は続いているのだろうか。僕が出会った岩崎君とは誰なのだろう。僕を引っ張り込もうとしていたようには思えない。実際、引っ張り込むなら簡単にできただろう。何よりも僕の記憶に残る彼はどうみても気さくでいわゆる、いい奴だった。

勝手な想像だが、ひょっとして遠い過去には、あのあたりには「生け贄」の風習があったのではないだろうか？　昔話で神に「生け贄」として女性や子どもを捧げるという話はままある。時代とともにその風習は廃れ、古神道的な「生け贄」は廃止された。だがそれを受け取っていた神はどうなったのか？　「何十年かに一度の神隠し」、言い換えれば「規則的な周期で行方不明者が出る」ということだ。人間の都合で祀られなくなった神は廃れ、妖怪化し、未だ周期的に「生け贄」を求め続けているのではないか?

　またあの窪みにいたモノは「鬼」ではないかとの意見があった。そういえば確かにあの赤い体、巨漢は、昔話で聞く「鬼」のようでもあった。また岡山県と言えば「桃太郎」の鬼退治伝説が有名でもある。赤く見えたのは夕日のせいかもしれないが……角は生えていなかったと思う。

　なんにせよ「生け贄」を求めるということは恐らく、もともとはその土地に住む「土地神」だろうから、その土地を大きく離れれば追ってはこられない。こちらが近づかない限り……。未だに深い田舎には「八百万落ち」の妙なものが、巣食っているのかもしれない。

つきまとう老婆

その生徒、竜介は昔から運が強いらしい。くじ引きなどのイベントには必ず母親に連れられて、引かされるという……。大真面目な顔をしてそう言う彼を目の前に、僕は遊び半分で彼の、その能力を試したくなった。くじ引きを当てられるということは、千里眼の類の透視能力に近いはずだ。

トランプを取りだし、彼に見えないように裏を向けて、

「これは何?」

と聞くと、彼は悩み始めた。うーんうーん、と悩み、考える彼に僕は、

「考えてわかるもんじゃないから、適当に直感で……」

と勧めても彼は、

「でもせっかくやから当てたい」

と言ってまた悩む。

「先生、見ないから触ってもいい?」

と言うのでカードに触れさせてみた。

すると彼は「六やと思う」と言い、それを的中させた。それを偶然だと勘繰った僕はまた次の一枚を出す。彼はまた見ないようにカードに触れ、

「八やと思う……。たぶん七より上で、十より下の数やと思う」

と言った。八で大当たりだ。その次も彼は考えて当てていく。そろそろ偶然と考えるほうに無理が出始めた。結局、彼の的中率は四回連続……ということは、マークまでは聞かなかったので、十三分の一の四乗……つまり約二万九千分の一……。途中から僕は恐怖とはまた別の意味で、鳥肌が立ち始めた。間近に見た竜介の能力に、本当に超能力ってあるのか……？　と思い始めた反面、あまりそれを他人に見せないほうがいい……と彼に助言しておいた。

透視能力は……霊視能力とも密接な関係があるという……。そういえば彼からは霊的なモノに関する報告を何度も受けている。この自他ともに認める運のよさ……。きっと彼は僕よりもずっと強い能力があるのだろう……。僕はそう感じざるを得なかった。そんな彼が最近妙なことを言った。

「先生、あのな。最近、変な影が見えるっていうか、来るねん」

「影？　人の？」

自意識過剰からくる気のせいだろう。

普段ならそう言って一笑にふすのだが、この超能力少年、竜介が言ってきたのなら話は別だ。

二十パーセント。とりあえず僕の中でこの話が真実である……つまりそれが彼の気のせいではない可能性の度合だ。

「とりあえず話を聞かせてくれ。どんな奴？　何をしてくる？　いつ、何をした時に見える？」

「ババアやねん……。着物着た。ってか、これが初めてじゃないと思う」

「初めてじゃない？」

初めてじゃないとの発言の他に、僕には驚くことがあった。竜介は口の悪い生徒ではない。彼の口から「ババア」なんて汚い言葉が出るとは思わなかった。

彼の話では、彼がその「ババア」を初めて見たのは、彼がまだ幼稚園の頃の一時期。幼い彼が一人で家にいる時に限って、インターホンが鳴り、カメラで確認すると藍色の着物を着た老婆が映っている。母からの言いつけ通り、それを無視していると、インターホンの呼び鈴はなり続け、終いにはドアを叩いたり、ドアノブをガチャガチャと回す音、幼い子どもでなくとも恐怖するには十分ないわゆる「異常な音」に変わるのだった。彼が家に一人でいるという限定された条件下で、そんなことが毎日のように起こっていたらしい。

「子どもを狙う不審者じゃないのか？　幽霊なんかよりも何倍も怖いよ。親には言わんかったんか？」

「言ったよ！　言っても信用してくれへん。カメラにも映ってへん。俺が一人で夢見たとか思ってる。でもな、一回だけ……」

成長して彼は小学生になった。彼の両親は自営業ゆえに忙しく、彼は当然のように学童に預けられることとなった。

「竜介君。お迎えが来たわよ」

とある日彼に学童の先生から声がかかった。

お迎え？　おかしいな？　と思いながらも、ランドセルを背負い、教室から外を見ると、あの老婆が立っていた。彼が驚いて、呆然と立ち尽くしていると、

「竜介君。今日はおばあちゃんが迎えにきてくれたのね」

と先生が言う。彼はブンブンと首を振って、あれは知らない人だ、と先生に伝えた。驚いた先生は人違いかと考えて、どの生徒の関係者であるのか、その老婆に確認をしにいったらしい。竜介もドア越しにそれを見ていたが、その老婆は先生との話の最中に、急に真顔になり、背を向けて去っていった。

話の具体性が強い。それが彼の気のせいである可能性が低くなった。依然として老人の正体は不明だが、とにかく竜介に何か用事があるようだ。霊的なものにしろ、人為的なものにしろ、確かに気持ちのいいものではない。

「最近またその『ババア』が来るのか？」

「うん。ここ数年は見んかったのに……」

「ここ数年……？　お前、それいつまで見えてた？」

「ははそれはしっかり覚えてるよ。一昨年の五月ぐらいまでかな」

と彼は力なく笑った。

しっかり覚えている？

「そんとき何かがあったから覚えてるってことか？」

「そう。はは。この塾に来てから、一ヶ月ぐらいで消えた」

そうか……あの頃か。

初めて僕が竜介に出会った時、彼はかなり可哀想な境遇にいた。彼は以前、かなりプレッシャーの強い塾にいたらしい。問題を間違うと怒られる、その解き方を聞くと、「またか！」と怒られる。何より辛いのは、それでも毎日何時間もそんな場にいないといけないことだった。そんな毎日の中で彼が出した答えは、何も言わず、何も聞かず、その塾の閉まる時間がくるまで、ただ座っていることだった。問題が解けた者から帰ることができる塾だったので、時間で言うと約五時間強、長期の休みになると十時間ほども彼は毎日その塾で正座していた。

まるで牢獄だ。

また当時、彼には味方がいなかった。親はやはり塾の先生の言うことを聞くものだ。家に帰っても怒られる。彼は親と話をしたくなくなった。ある時、生きるのが辛くなった彼は、初めてその塾をサボり、公園で一人、座っていた。その時になって初めて彼の母親が息子の異変に気がつき、塾を変える算段をつけたわけだ。そして彼は僕のところに来た。あの時の彼は、精神的にボロボロで、何より話をしようともしなかった。このように僕はひどい人間不信だった頃の彼をこの目で見ている。僕の目には彼が心に深く傷を負っているように見えたため、彼の母親に心療内科を勧め、また僕は彼に関してはまずは勉強よりも、心の回復に努めた。そして彼は蘇った。

「あの頃か……。しんどい時期やな。まぁなんか嫌なものが見えるような時期かもな……」

「そうあの頃……向こうの塾にいる時に、あの『ババア』が窓の外にいる時もあった。ニヤニヤして『おいでおいで』してんねん」

「げ。こわ。お前を呼んでるってことか」

「うん。でもな。あの塾辞めて、こっち来てからおらんようになった」

「ストレスが具現化してたのかな？　でも幼児期のは何やろ？」

「で！　最近、またいるねん」

「最近はどこにいる？」

「学校帰りの道の向こうとか、田んぼの真ん中とか……」

水田の真ん中に着物を着た老婆が立っていて、「おいでおいで」をしている？

僕は頭にその図が浮かび、少しゾッとした。

「最近のは受験ストレスが原因やろ？　それはいいとして、何でその『ババア』が毎回出てくるんやろう。心当たりはないか？」

「ないよ。意味不明やから余計に怖い」

「うーん。確かに怖いが……矛盾点というか……納得できないことがある」

「ん？」

「その『ババア』。学童の先生には見えて話もしてたんやろ？　なのに、何でその他には見えてないんやろ？」

「先生。実はその学童の先生、それからすぐに交通事故で死んだ」

亡くなった⁉　いや……たまたまだ。この話とは関係はないだろう。たぶん……。

僕は、

「そうか」

としか言えなかった。

「確かに気味のいいものではないが、そんだけ長期間にかけて見てるんやったら、慣れてるっちゅうか、気にせんと無視してたらいいんじゃないか？」

「うん、そやねんけど。最近はついてきてるっていうか。学校とかにも移動教室の時にも出てくる」

「それは害がないとしても、うっとうしいな……」

ん？　学校にも？

「ってことは塾にもか？」

「いや…、それが塾には出てきたことがない。いつもならあのドア越しにいそうやのに……」

と、ガラス張りの入り口を指差す。

「じゃあ塾の帰りの道は？」

「それはたまに……」

「ふーん。なるほど……。いっぺん見てみたいな。というわけで、今日から火曜と金曜の夜、お前が帰る時に、俺のゴミ出しを手伝ってくれ。代わりに一緒に家の近くまで行ったるから……」

かくして僕はゴミ出しの助手を手に入れたのだった。

その後、何度か彼とともにゴミ出しをしたが、それが現れることはなかった。しかし彼はその老婆を見る頻度が上がっていると言う。彼が嘘をついているとは思えない。彼が言うには、その頃になると複数人で遊んでいる時にもその老婆が少し離れた場所で彼を見ていたり、親と出かけている時にもショッピングモールの雑踏の中に紛れていたりと、日に日に露骨に現れるようになっているらしい。また、明らかに他人には見えていないようだ。

「やっぱり気にしすぎじゃないか？　霊的なものと考えるよりはお前が気にしすぎて幻を見ていたり、精神的な……例えばいつもの自己暗示に近いような気がする……」

「そうなんかな」

「俺と一緒にいる時は見えたことはないんやろ？　つまりお前は、俺がいればそのババアをやっつけてくれるとか思ってないか？」

「まぁそんな感じもあるかも……」

「だからババアがびびって出てこないとか思ってないか？」

「……」

「もしもそうなら、そのババアはお前が造り出した幻に間違いない。本物なら、俺がいようがいまいが出てくる。と、まぁこんな証明はどうだ……？」

　と彼に笑いかけた。

「つまり気にする必要はないよ。幻なんか何回出てこようが全く無視していたらいい」

「そうか、わかった」

　彼はまだ何か言いたげだったが、一応納得はしたようだ。

　その日の夜、僕は彼を一人で家に帰らせた。階段を下り、道を曲がる彼の背中を見送って、そして僕はそっと道に出た。僕は考えていた。彼の言うことが全て本当だった場合のことを……。今までにも生徒にそれを「気のせいだ」と思い込ませておいて、それが本当だったことが何度もあった。

何年間も彼を付け狙っている？

その老婆が実在するのなら、霊的なものであっても、そうでなくとも、かなり危険な臭いがする。確かめるためには、彼がそれと出くわしている時をおさえるのが一番いい。だから一計を案じたのだ。敵を騙すにはまず味方から。彼は幼児期の頃から、その老婆は一人でいる時に出やすいと言った。だから僕は竜介に一人で帰るようにと言ったし、彼自身もまた一人で帰っていると思っているだろう。周りから見ても彼が一人で歩いていると思うはずだ。だが実際は、彼の後ろから僕がついていっている。

それが彼の思い込みからくる幻覚であるならば、その老婆はすぐにでも現れるだろう。そして僕がその現場をおさえてしまえばいい。あとはその場で彼自身に「それは幻覚である」と納得させられればいいのだ。

案の定、彼の足は曲がり角で急に不自然に止まった。後ずさりしたようにも見えた。

来たな。

僕は少し早足で彼に追いつき、後ろから肩を叩いた。予想外のことに彼は驚いたが、相手が僕だとわかると安心したようだ。

「いたか？」

と僕が尋ねると、

「あ、あれあれ！」

と驚きで言葉にならないのか、前方にある自販機のほうを指差した。

一見、何もいないようだが……。

「竜介！　そいつから目を離すなよ。一瞬で消えるかも知れん」

と彼に言い、僕は自販機に近づいた。

何もいない。やはり彼の気のせいか。

一応、緊張していた僕は、ほっと息をつき、竜介のほうを振り返り、

「何もいな……」

で言葉は止まった。竜介の顔は真っ青で、僕のほうを……いや僕の後ろを凝視している。

ジャリ……ジャリ……。

一瞬で張り詰めた緊張感。そして今、急激に現れた僕の真後ろからの謎の音。僕は硬直した。振り向けない。しかし僕の正面にいる竜介の怯えた顔が、僕の金縛りを解いた。

僕は先生だ。竜介にとっては、特に頼れる、信頼できる……そんな……。

体が火照った。恐らく僕の体にアドレナリンが分泌されたのだろう。怒りにも似た高揚感とともに、僕は振り返った。そこには先ほどは確かにいなかった老婆が、自販機の奥の陰に重なるような

薄い存在感を放ちながら立っていた。藍色の着物、痩せ細った体型、何よりも自販機の光を受けているせいなのか、その痩せ細った真っ青な顔は、まるで彼女がこの世のものではないと物語っているようだった。一瞬で冷める高揚感と湧き上がる恐怖。しかし僕は僅かに残ったアドレナリンに頼り、そのまま、

「どなたですか？　僕の生徒に何か用事があるんですか？」

と怒ったように問いかけた。

「いえ……。ねぇ……」

と蚊の鳴くような声でその老婆は返してくる。

「最近ずっと彼の周りをウロウロしてるようですね。一体何が目的ですか？」

声を出したからか、僕は幾分か落ち着きを取り戻し、相手の目を見据えて言った。絶対に逃がさない、と僕は意気込んでいた。

「いぇ……。ただ……。ねぇ……」

「ただ何なんですか⁉」

思っていたよりも大きな声を出してしまった僕だったが、それに対して、

「連れていって欲しくてねぇ！　私らみんな！」

僕の声よりも大きな……地の底から響くような声で、老婆がそう言った。彼女の目が白眼の部分

まで真っ黒に変わり、口から少し見えた歯という歯も真っ黒で……つまり彼女はこの世のものではないとしか思えなかった。それだけではない。今まで気がつかなかったが、老婆の後ろに何人もの影も見えた。意識が飛びそうになる恐怖の中、僕は彼女から目をそらしてしまい、その一瞬でその老婆たちは消えてしまった。僕は少しの間、放心状態だったようだ。

「先生！」

と竜介に肩を叩かれ、思い出したように、

「おい！　あいつらどこに行った？」

と尋ねたが、

「わからん。でもなんか急に真顔になって向こうに歩いていった。何を話したん？」

歩いて行った……？　僕には一瞬で消えたように思えたが……。

「お前。あれは何やねん？」

つい僕は彼がわかるはずのない問を彼に口走ってしまう。

「いやわからん。とりあえず俺の気のせいじゃなかったってことよな？」

「ああ、たぶん。連れていって欲しいって言ってた。どういう意味やろ？」

「そんなこと言われても。意味わからんし……」

「とりあえずお前に危害を加えたりはしないのかな……。お前はとにかく考えてくれ。『連れていって欲しい』に心当たりがないかを。それとこれを持っていけ」

僕は鞄に常備している小さな般若心経と六地蔵の寺のお守りを彼に渡した。

「般若心経はわからんが、このお守りがあれば大丈夫。これだけは確実に言える」

「これ、先生がよく言ってるお地蔵さんの？」

「話が早いな。なら信用できるやろ。大丈夫！　なくすなよ」

と、彼を家まで送った。

彼が家に入る前に、僕には彼に聞いておくべきことがあった。

「竜介。最後に一つ聞かせてくれ。あのな……あの……その学童の先生は『ババア』を見てからどのぐらいで亡くなった？」

「え？　ああ」

彼も僕の聞かんとしていることの意味を理解したようだ。しどろもどろ言いたくなさそうだ。

「竜介！」

僕は少し強めに聞いた。

「たぶん三日か四日。一週間はかからんかったと思う……」

三日か四日！　思っていたよりもずっと早い。

「先生……」

彼は心配そうに僕を見た。

「はは一応聞いただけや。大丈夫やって。今までこんなことは何回もあった」

僕は一体どんな顔をしてそう彼に言ったのだろう?

あと三日……。正直、不安感は否めなかった。僕は考えた。

あれは一体何なんだ? 普通の幽霊にしては何かが妙だ。だが妖怪の類や廃れ神とも思えない……。あれは確かに「連れていって欲しい」と言った。「連れていきたい」ではなく……。

まだ中学生の竜介に連れていって欲しい……場所?

僕の頭にはもう一つ極めて現実的な考えもあった。それは僕自身が暗示にかかってしまったということだ。

もともと竜介は超能力とも言えそうな透視能力に加えて、霊視能力がある。その能力で僕が助けられたこともある。だが彼にまだ別の能力……例えば、知らず知らずのうちに他人に強い暗示をかける催眠術士のような能力があると仮定する。具体例としては、今回の「老婆」だ。最初は僕には見えなかった。彼の能力に触発されて僕にも見えたとも考えられるが、あの時、僕は暗示にかかっていて、存在しない幻覚が僕の目にも見えてしまっていたのかもしれない。つまり彼は自分の妄想物を他人の頭に投影するという、いわゆる精神感応(テレパシー)で映像を他人に送ることも可能なのではないか?

どちらにせよ、僕は気をつけなければならない。過去にあの老婆と話をした学童の先生は亡くなったのだ。その話を知ってしまっている僕は、自身による「あの老婆と話した者は死ぬ」という自己暗示によって、例えばバイクで自分から自動車に突っ込む可能性もあるということだ。だが、あの老婆が僕の……または彼の想像の産物だったとして、「連れていって欲しい」などと言うだろうか？

僕は塾内でそんなことを考えながら缶コーヒーを置き、一息ついた。

あと三日……。

頭にこびりついて離れないこの予言めいた言葉。とりあえず自己暗示にしろ、現実にしろ、「自分が危険な状況にいる」という認識の上書きが必要だ。しかし、それは僕にとって簡単なことだ。「自分は危険な状況にいるが、お地蔵さんがいるから大丈夫」と認識を上書きした。そう……僕には頼れる存在がいる。しかし頼りっぱなしではなく、とにかく自分でできることを精一杯しないとお地蔵さんに申し訳が立たない。

自己暗示であったとしても、お地蔵さんは来てくれるのだろうか……？　とりあえず近いうちに山を登って地蔵たちに会いにいこう。

そう思って床(とこ)についた。その日の夜、夢か現実かはわからない。夜半に寝苦しさで目が覚めると、あの老婆が僕の胸の上で正座していた。

「こんなつもりじゃなかったのに……」

と、すすり泣くように、ぼそぼそと呟くのだ。

「私……、いけない……」

このぐらいしか覚えていない。

胸の上の老婆は、そんな言葉の途中で、僕の胸の上に乗ってくる猫によってどこかに追いやられる。しかしその夜中、何度もそれが続くのだ。僕はほとんど眠れなかった。

駄目だ。これが続くと体がもたない。

と思った僕は、まるで徹夜明けのような疲れた体に鞭打って、翌日に山を登った。

静かに佇む地蔵たちは変わりなく僕に安心感を与えてくれた。少しすっきりしたところで、不意に後ろから、

「おお、先生じゃないですか」

と、寺の住職に声をかけられた。

僕は毎年、塾の受験生のために山頂までお守りを貰いにいく。毎年大量のお守りをいただくので、住職と顔見知りとなるまでに、さほど時間はかからなかった。

「どうも、こんにちは」

と挨拶をする。

「珍しいですな。平日のこんな時間に。ん？　えらい疲れた顔をしてますな。大丈夫ですか？」

僕は渡りに舟だと思い、ここぞとばかりに全てを話した。すると住職は、

「ちょっと、こちらにいらっしゃいな……」

と僕は御堂内に通された。何も言わずに彼は僕を座らせ、線香の束を燃やし、僕の背中を撫でるようにそれを動かした。

やっぱりあの老婆が憑いてきていたのか？

僕の頭にはそれしかなかった。住職さんはブツブツと聞こえないような小さな声で何かを言っている。最初は、お経かと思ったが、どうやら違うようだ。

「先生。なかなかに大変やったでしょ。大丈夫ですよ。ただちょっと……やってもらいたいことがあります。次のお休みの日でいいので、もう一度いらしてもらえますか？」

次の休み……四日後か。

「大丈夫です」

と僕は答えた。生きていれば……、と付け加えたかったが飲み込んだ。

「では、その時に色々とお話ししましょう」

と言って、彼は僕に線香の束と、小さいが澄んだ音色（ねいろ）のする鐘を渡した。

「次に竜介君に会った時に、私が今日あなたにしたことをしてやって下さい。その最後にこの鐘を

鳴らすことを忘れずに……」

正直、僕にはその意味がわからなかったので、彼の言葉の真意を尋ねたが、その時には一切の事情を教えてもらえなかった。だが彼は、

「くれぐれも竜介君に、さきほどと同じことをするのを……鐘を鳴らすのを忘れずに……。その後に来てください」

「はい。ですが……」

と我慢できなくなった僕の言葉を遮って、

「大丈夫です。心配いらないと、お地蔵様が笑っておられます」

と、にこやかに笑う彼を見て、僕は一瞬で憑き物が落ちた気分になった。

「すいません。お手数をおかけします」

と頭を下げて、僕は塾に向かった。


それから何も起こらないまま三日が過ぎた。あの老婆もあの夜以来、全く現れる気配もない。むしろ体調もよく、仕事においても何の問題もなかった。あの時、寺を訪れてよかった、と思っていたが、それも住職と話したあの時に「もう大丈夫」と心底思えた僕自身の自己暗示なのかもしれない……。

その日は金曜日、授業の最終枠に竜介が来る日だった。授業が終わった後に、住職に言われたことをしよう、僕はそう思っていた。授業にやってきた竜介に聞いたところによると、あの老婆は僕と話をした夜からぷっつりと姿を見せなくなったらしく、竜介は、彼女が僕のところに行ってしまったと思い、心配だったようだ。ある意味ではそれは当たっていたが、寺を訪れてからは僕も彼女がどこに行ったのかはわからない。

授業終わりに竜介を呼び止め、塾の教室内で換気扇を回し、線香の束に火を点け、鐘を鳴らしながら彼の背中に煙をあてるように動かした。鐘の音は思っていたよりも大きく響き、何か神聖な雰囲気を感じた。その時一瞬だが停電のように、部屋の電気が消えた。直後に竜介が、

「うあ……。先生、あかん。いっぱいおる……」

泣きそうな声でそう言ったが、僕には何も見えない。僕は線香の束を彼の背中で揺らしながら、

「落ち着け。何がどのくらいいる?」

「部屋中におるって！　十や二十じゃない！　もうあかん……」

焦る素振りを見せる竜介に、

「動くな！！　落ち着け！　とりあえず俺がいる！　大丈夫や！　あの婆さんはいるか?」

彼を落ち着かせるために、少し大きな声を出したが、僕は線香の臭いと神聖な鐘の音、何よりも何も見えないからか、全く冷静だった。

「いやたぶん……おらん。でもな、影だけやけど、もっとヤバイのがいる」

「もっとヤバイ……？　何がいる⁉」

「俺らを囲むように首のないヤツが！」

彼の声は震えていた。しかし彼とは対照的に僕の中から一欠片（ひとかけら）の恐怖すら消えた。

覚えてないか……。まぁ……仕方ない。

「おい竜介。びびるな。それは味方や。その首がない影こそ、あのお地蔵さんで、囲まれてるんじゃなくて、囲んで守ってくれてる。ははよかったな。もう安心や」

「え⁉　ああそういえば……」

「はは。やろ？　俺もたまにびっくりする」

と、この異常事態に笑う余裕さえあった。

「よかったな。ずいぶん昔から続いたババア騒動も、これで終わり。もう心配はいらない」

と一応、彼を家に送った。

さて、明日は寺か……。鐘をお返ししないとな。そういえば時間を決めていなかったが……。どうしよう。

と思いながら僕は翌日の用意を始めた。安心感とは素晴らしいもので、あと三日の寿命だと指折り数えていたことすら忘れてしまっていた。

翌日、僕は午前の間に山に登った。住職は御堂の中で、念仏を唱えている最中だったので、それを邪魔しないように終わるまで外で待っていた。

「おはようございます。お早いですな。はは今日はいいお顔をされてますな」

と朝の仕事を終え、笑顔で僕に挨拶をしてくれた。

「はい。おかげさまで、助かりました」

住職は笑顔で、

「はは。しかし、まだなんです」

と不安なことを言い始めた。

「え？」

「こちらにお願いします」

と、僕はまた御堂の中に通され、住職に線香の束と鐘で、前と同じことを……僕が竜介にしたことをされた。

「はい。これで終わりです。お疲れさまでした」

と彼は言った。どうするべきか、聞きたいことばかりで何から聞けばいいかと迷っている僕に、彼のほうから話してくれた。驚くべきことに、彼はあの老婆の正体も、ほぼ見当がついているようだった。住職が話すところによると、あの老婆は生前は霊能者だったらしい。だが恐らくは偽の霊能者。詐欺まがいの商法であくどく稼いでいたようだ。

「先生もご存じの通り、祟りや霊現象といったものは、九十九％が気のせいです。なので、偽の霊能者であろうが『大丈夫！』と強く信じ込ませ、またそれを心から信じた者は、大抵すぐに全快するものです」

信じるものは救われるってことか。

僕自身も今回この寺に来て楽になったのは、そういった自己暗示の類かもしれないと勘ぐっていた。住職は続けた。

「『治った』と思い込ませて、相手が健康になるのなら、それはそれで彼らも立派に善行を積んでいるかとも思います。ですが……」

まぁ、過度な請求をしなければ。

と僕は思った。

「あのお方の……、いやあの老婆と言いましょうか。あの老婆はどうやら残りの一％に当たったようです。つまりあの老婆に助けを求めてきた人たちの中に、本当の悪霊を連れてきてしまった方がおられたんですな。しかもかなり強力な……。例えるならば霊たちを取り込んで大きくなっていくような。まぁ少し違いますが……。その悪霊が老婆に取り憑き、そしてそのお客人として来る、実際には霊などに取り憑かれてもいない人たちを襲ったのです。『あの霊能者に相談しても解決しない』という噂から『あの霊能者に相談すると死んでしまう』という噂に変わるまで、そう時間はかかりませんでした。そうこうしているうちに彼女自身がその影響を受けて病に倒れ、亡くなってしまったのです。その後も彼女の霊は当然のように取り込まれ、生前と同じようにその悪霊に、死者の霊たちを導く偽りの顔として利用され、いわゆる非常に質(たち)の悪い霊となり、彷徨っていました」

自業自得か。

「そんな時です。彼女が竜介君を見つけたのは……」

「竜介に何か関係あるんですか?」

僕はつい話の腰を折って尋ねてしまった。

「たぶん竜介君は光なのでしょうな。たまにそういったお方をお見かけします。先天的に強い能力がある人たちは……悲しいことですが、幼い時に強いストレスをかけられるとそれが開花する、とよく耳にします。お心当たりはありませんか?」

ストレスか。幼い頃はわからないが……。

「あります」

僕が彼と出会った時、彼はボロボロだった。

「つまり竜介君は、あの老婆が助けを求めた相手なのです。老婆は自分も含め、生前に自分と関わり犠牲となった死者たちを、その悪霊から救って欲しかったのです。竜介君にはそれほどの力があった。しかし残念なことに竜介君は若すぎて、何も解らなかった。だから彼女は待っていたのです。竜介君の周りで。しかし、それは同時に竜介君の近くに悪霊がいるということでもあります。悪霊は竜介君にずっとストレスをかけ続け、取り込もうとしていました」

僕の頭の中に、生きるのがしんどくなって、と言った竜介の言葉が響く。

「そのあたりではないですか？　彼の人生にあなたが現れたのは？」

「たぶんそうだと思います」

「先生、あなたは竜介君とはまた別種のお力がある。それは竜介君を暗い場所から引っ張り出すことに成功した。しかしそれでもその悪霊たちは近くに隠れ潜んでいたのです。そして最近、彼にお受験というストレスがかかり、再び彼らが姿を現し始めた。そんな中、あなたは直に老婆と接触した。その時です。老婆は頼る相手を変えた。竜介君からあなたへと……」

だからあの夜、僕のところに来たのか。

「そしてあなたから私へ。私から仏様へ。あの老婆も、もう十分に後悔されておりました。またそれに取り憑いていた悪霊も元を辿れば、ただ寂しがりやの可哀想な霊。辿っていけば皆が救われるべきものでもあるのです」

「つまりこないだ住職さんにここで出会ってからすぐに、あの老婆は成仏された、ということですか？」

「少し違いますが……まぁそうです」

何かがおかしい。何かが引っかかる。もしそうだとすれば……。

「ではなぜにその後、僕は竜介にあの儀式のようなことをしなければならなかったのですか？」

そう、あの老婆が成仏していたのなら、もう何もする必要はないはずだ。

「ああ、あれは……あの時点では、あなたとともにいたのは老婆と悪霊だけだったからです」

「悪霊が一緒にいたんですか？」

「はい。しかし大分弱っていましたが。あなたもよくご存じの、誰かさんのおかげで……」

と彼は笑った。

「はは……ここの中腹におられる誰かさんですね」

僕も笑った。

「で、なぜですか？」

「まだ竜介君と一緒に、残りの死者たちがいる可能性が高かったからです。彼らは竜介君という光に惹かれて彼の元にいた。竜介君を、まるで極楽からの光と思って……。しかしそれは違っている。そのまま放っておけば彼らもまた悪霊になる可能性がありました。だから私はあなたに頼んだのです。まず線香の煙で竜介君から彼らを離す。そして鐘の音で彼らに仮の道を示す」

「仮の道を……ですか？」

話が壮大すぎて、僕の頭では処理できなくなってきた。

「つまり今回の場合は、あなたですな」

ん？　今、何と言った？

「あの今、何て？」

住職は、少しばつが悪そうに頭を掻きながら、

「はは。すいません。言いにくいことですが、あなたに皆、憑いてきていたんですよ、今日。あなたをその仮の道の先導者として……やはりあなたなら助けてくれるとも思ったんでしょうな」

と笑った。

「……」

僕は混乱した……。死者たちが僕に憑いてきていたって？

「マジっすか……？」

思わず素の言葉遣いに戻ってしまった。となると、昨夜一晩、僕は多くの死者たちに囲まれたまま寝た、ということか。嫌な汗が出た。飼猫たちも反応しなかったのに。死者たちに害意はなかったということか？　なるほど、だからあの時に住職は「それは次のお休みの日に」としか言ってくれなかったのか……。先に言えば僕が嫌がると思って……。

「これから先も、この竜介君のように、ひいては彼に憑いていた方々のように……助けを求めてあなたを訪ねるものもいるでしょう。そんな中には、今回とも違ったもっと妙なモノが来ることも多分にあるでしょうが、地蔵菩薩様がいつもともにおられます。どうかご心配なさらずに……」

と住職は手を合わせたが、心配なさらずにと言われても、怖いもんは怖い……と内心は大反論していた。

その後も、僕はこの住職の予言通り、何度も妙な経験をすることになる。時にはこの竜介を巻き込んで……。だがそれはまた別のお話……。

この文章を書く僕は…

「先生！　〇〇で猫の餌買ってたやろー？」

またか。

ある時期、生徒からよくこういった僕の目撃情報が寄せられる時期があった。猫の餌だけではなく、衣料品店で服を選んでいる僕だったり、食料品売り場や薬局での目撃例が多数寄せられた。だが僕はそのどれにも心当たりがない。僕の家は塾からはある程度の距離があるのだ。つまり猫の餌程度のものならば、買ってから塾へ行くことはあっても、服などをわざわざそんなところまで買いにいくことはない。

そっくりな人がこのあたりに住んでいるんだな。しかも猫を飼っているのか。

と親近感を覚え、

「へー。俺は何を買ってたん？」

と、笑って生徒たちに尋ねたりしていた。

夏も終盤に近づき、肌寒くなってきた頃、僕は家のコタツが古くなってきていたことを思い出した。

そろそろ買い換えないとダメかな。今度、見にいこう。

と思っていた矢先に、

「先生、コタツどうしたん？　コタツコーナーの前で、めっちゃ悩んでたやん」

と笑われた。

え？

と、少し気になった。もちろん、それは僕ではない。

肌寒くなってきたからか。向こうもコタツを……。

とまた親近感を覚え、少し、その彼に会ってみたくなった。ちょうどその頃からか、僕の体調は悪くなり始めていた。

その後も、楽器屋でギターの弦を見ている僕、歯ブラシを見ている僕、ゲーム屋でドラクエを見ている僕を見た、という情報もあったのだが、これら全て僕がその時期、気になっていた品物だ。

最初は親近感が湧いたが、いい加減に薄気味悪くもなってきた。だがこの時点では、まだ僕は、すごい偶然もあるものだ、とむしろ感心していた。その僕と話したという生徒が現れるまでは……。

その日、その僕は枕を見ていたようだ。生徒は無邪気に、

「先生、枕、買うんー?」

と話しかけたらしい。その僕は、

「自分は首が悪いから、枕ばっかり買いたくなんねん」

と笑って答え、そして、

「自分の首が悪いのは、毎日猫たちが、自分の上に乗って寝ていて、寝返りがうてないからだ」

とも言ったらしい。これは全て僕に当てはまる事実だ。「変形性頸椎(けいつい)症」。僕はこの首の持病に苦しんでいる。その会話だけではない。当時、中学三年生だったその生徒は、母親とともにそこに来ていたのだが、そこでその僕は母親と挨拶を交わし、軽い進路相談までしたという。僕にそんな記憶はない。その日、僕は体調が悪くて一日寝ていたはずだ。しかし、保護者に対して進路相談までしたのなら、それは僕だ。何が何だか解らなくなった。僕は自分に自信がなくなってしまった。自分は夢遊病なのか、または心の病気なのではないかとも思い始めた。

その頃からか、もうひとりの僕の目撃例が顕著になり、何かがおかしいと思い始めた。僕が塾で授業中なのに、塾に来る途中のラーメン屋で、食事を摂る僕を見たという生徒がいた。その日に他ならぬ僕の授業があったその生徒は、塾で授業をしている僕を見て、ラーメン屋から塾までの僕の移動が早すぎると気がつき、僕に事情を聞いてきた。僕はずっと授業中だったから人違いだろう、と話すと、その生徒は、

「じゃあ、あの人は何で食べながら右手を挙げて、挨拶をしてくれたんだろう?」

と不思議そうに首を傾(かし)げた。その時、そのラーメン屋の僕を見た生徒は複数人いた。その複数の生徒全員が、僕と見間違うほどに似た人間なのか? 僕の頭にはあの『保護者と話した奴だ』と思えて仕方なかった。一体、何者なんだ? と僕が絶句している時に、生徒が言った言葉。

「先生って箸を持つのは左手?」

「ん? いや右手やで」

「あの人は左利きやったで。だって食べながら右手を挙げて挨拶をしてくれたもん」

複数の生徒たちが頷く。そいつは左利きなのか……。やっと相違点を見つけた僕は、なぜか落ち着いて、

「やっぱり違う人なんやって。よかった。自分やったらどうしようかと思った」

と我ながらわけのわからないことを言ったが、生徒たちは笑ってくれた。そして、

「あれじゃない……? ドッペルゲンガーってやつ」

と言った。

ドッペルゲンガー……。もう一人の自分。僕はその時までそれが怪異である可能性など、全く頭になかった。だが「面談を完璧にやってのけた僕」は偶然や他人のそら似では済まない。

自分がもう一人、このあたりをウロウロしている?

背筋がゾッとした。またドッペルゲンガーは、確か本人がそれを見れば死ぬのではなかったか？衣料品店、家電量販店、ラーメン屋。距離的にはどんどん塾に近づいてきている。

またわけのわからないモノか。だが今回は何か質が違うような気がするな。

その日の授業終わりに、当時、最も信頼のおける理系講師だった段に、相談に乗ってもらった。

やはり段は、大半は他人のそら似であり、保護者と面談をした僕に関しては、僕がその時、疲れすぎていて、面談や店に行ったこと自体を完全に忘れてしまっているという、一時的な記憶喪失に近い症状であると判断した。もしもその記憶喪失が頻繁に起こるのなら、一度病院に行くべきだとも付け加えて言ってくれた。

なるほど。疲れから来る精神疾患と他人のそら似が重なった極めて稀な偶然か……。

僕も病院に行くべきかと迷っていたから、ちょうどよいきっかけになった。と彼に感謝の意を告げ、彼を帰路につかせた。

僕はその後、塾でインターネットを使い、近場の精神科か心療内科を探していると、すごい勢いで階段を駆け上がってくる音がした。心臓が止まる暇もないほどの速さでドアが勢いよく開けられ、赤い顔をした段が、

「先生！」

と息を切らせながら叫ぶように僕を呼ぶ。心臓が痛むような驚嘆の中、

「何ですか！　驚かさないで下さいよ！」

と僕も余裕のない声で叫ぶ。落ち着く間もなく、

「あれは先生です！　顔も立ち方も服装も体型も仕草も！　でも何かが違う！」

「え？」

彼を落ち着かせるまでに数分かかった。そして事情を問うと、どうやら彼も『僕』に出会ったらしい。しかも今しがた。

彼は塾を出た後、近くのコンビニに寄ったらしい。するとレジで飲み物を買う僕がいたらしい。

あれ何でこんなところに先生が？

と思った時に、おかしなことに気がついた。自分より遅く塾を出た僕がコンビニにいるはずがない。そのコンビニにいた僕は、段に気がついたようで、笑顔で手を挙げて挨拶をしたらしい。レジが済むと間違いなく彼に近づいてくるであろうことも容易に想像できた。混乱の中、駐車場から塾を見ると、まだ光が灯っている。つまり僕はまだ塾にいるということだ。目の前にいるのは先刻話をした僕ではない、違う「僕」だ。

彼が逃げ出した理由はもう一つあった。その「僕」は間違いなく僕だ。長い付き合いの彼が言うならばそうなのだろう。しかし何かが違ったと彼は言う。具体的に何かはわからないが、何かが違ったらしい。それが異常に恐ろしく、また僕はまだ塾にいるという確信に近い思考と、万が一に

もコンビニの僕が僕である可能性を確かめるべく、塾に舞い戻ったと彼は言った。

僕は顔から血の気が引いていくのを感じた。彼が嘘をつくはずがない。彼は見たのだ。違う僕を！　しかもそれはこんな近くにまで来ている。

「ドッペルゲンガーを見たものは死ぬ」。頭にこの言葉が響くように渦巻いた。対照的に段は落ち着きを取り戻し始めたが、「僕を見た」ということに関しては、自己暗示や幻覚の類ではないと言い張った。

その時、再度、二人分の心臓を握り潰すように鳴る塾の電話。それはたった二コール鳴っただけで自然に切れた。番号通知は「非通知設定」。無言で固まる二人をよそに、嫌な気配……音が聞こえ始めた。

「……ノシ」

ゆっくりと階段を上る音だ。決して暑くはない時期に、額に浮かぶ脂汗。絶望にも似た緊張感の中、意外にも僕の体は素早く動き、ドアに鍵をかけ、その後ドアが見えない場所に避難した。

「……ノシ……ノシ」

何かが階段を上ってくる。かなりゆっくりと、恐らく一段ずつだ。授業は全て終わっている。随分遅い時間だったので、生徒が来るはずもなく、また深夜なので、飛び込み新規入塾希望者の可能性は低く、誰かが来る予定もない。可能性があるとすれば塾の卒業生が久しぶりに会いにきたぐらいだが、それならば昇り方が妙だ。その時の僕らには「僕でない僕」がついに塾まで来た、としか考えられなかった。

「……ノシ……ノシ」

階段を半分以上も登ったであろうところで、足音は止まった。僕は額の汗をティッシュで拭きながら、

「いますよね?」

と段に小声で尋ねる。無言で頷く段も、額には汗をかいていた。張り詰めた空気の中、無言で過ごすたった十分はなんと長いことか……。段も耐えられなかったのだろう。彼はこんな提案をしてきた。

「先生は見ただけで死ぬ可能性があるんですよね?」

「噂通りなら……」

「なら僕なら大丈夫ってことですよね。ちょっと見てきます。先生はここにいて下さい」

「いやいや。段先生にばっかり任しておけないやろ」

「今回は別です。見ただけで死ぬなら先生は何もできません。いつも世話になってますし」

彼はそう言ったのだが、僕はいつもジャケットに忍ばせている六地蔵の寺のお守りを握りしめ、段先生を巻き込むわけにはいかないよな。

と覚悟を決め、彼より先にドアの前に躍り出た。ガラス張りのドアの向こう、そこには何もいない。しかしドア越しでは階段の下までは見えない。後ろから段が僕を止める声が聞こえたが、僕は勢いよくドアを開けた。

階段には……何もなかった。

僕と段は安心してほっと一息つくことができたが、あの正体は謎だった。その日以降、何度か確認したが、「僕」を見た生徒はすっかりいなくなった。僕の体調は回復に向かい、体は元気になったが、あれが何だったのか、なぜ現れたのかはわからなかった。だが、しばらくしてあれの正体がうっすらと見えてきた。

それはあの出来事から随分たった後、段と塾の終わりに銭湯に行った時のことだ。風呂上がりに彼と並んで髪を乾かしていた時に、段が「あ！」と声を上げたのだ。

「先生。ドッペルゲンガー覚えてます？」

「ああ。もちろん。怖かったな……あれ。急にどうしたん？」

「あの時、僕が感じた先生やけど先生じゃないって違和感。正体がわかりました。これです」

彼は前方を指差した。その指は少し震えている。前方には鏡があった。鏡に映った顔は、本来のそれと左右反転である。自分の顔は、鏡でいつも見ているそれしか知らないので違和感はないが、鏡に映った段の顔は僕にとって、多少の違和感がある。あの時に段が見た僕は、鏡に映った僕……

つまり左右反転の僕だった、と段は言った。そういえば生徒も、あの僕は、箸を左手で持っていた……左利きだったと言った。鏡に映った僕は左利きだ。段の話を考慮しても、鏡に映った僕が出てきてウロウロしていたと考えることが、突拍子もないのはわかっている。だが僕の知識を全て持っていて、進路相談も完璧にこなし、生徒たちと違和感もなく話をすることができる、まさに生き写し、鏡に映ったような僕があの時あのあたりにいたのは事実だ。付き合いの長い段の目は誤魔化せなかったようだが……。

だが、最近になり少し不安に思うことがある。僕はこんな話を書くだけではなく、かなり色々な趣味もあり、講師としての仕事も並行して行っている。そんな暇があるだろうか？

小さい塾ながらも、僕は一応は経営者であり、忙しいはずなのだ。一体どこにそんな暇があるのか？

僕は不安だ。僕はいつも携帯電話のメールの新規作成を使って、この文章を書いているのだが、基本的に左手で文章を打っている。僕は右利きのはずなのに……。

つまり、今、これを書いている僕は左利き……？　ということは……。

最高の出し物

学園祭のシーズンは、生徒たちも忙しいようで、疲れた顔をして塾に来る子も多い。

「先生！　学園祭、見にきてやー！」

こういった誘いはよく受ける。

いつものように僕は、丁重にその誘いを断っていたのだが、しつこさに負け、覗きにいくことになってしまった。しかし、僕が学園祭を訪れることにしたのは、彼のしつこい誘いだけが原因ではない。その学校は高度な工業高校なのだ。併設の大学の学園祭と同時に行われているそれは、かなり凝ったものであるらしく、悪い噂を聞いたことがない。

まぁ暇だし、覗いてみるか。

当日、僕は塾で雇っている講師を誘い、その学校を訪れた。紙の造花に飾られた門をくぐり、とりあえず、僕らを呼んだ生徒の出し物までの時間、付近の出し物を楽しんだ。赤外線技術を応用したゲームセンターでよく見るようなガンシューティングゲームなど、噂通り目を見張るものがたくさんあった。そうこうしているうちに劇が始まる時間がきた。

確か、体育館で……劇をするんだったっけな。

と首を伸ばして体育館を探す……。その時、
何だ？

電磁波のような『…ジジ…ジジ…』という耳障りな音が聞こえた。

「なんや今の？　聞こえました？」

と同僚の講師に尋ねたが、彼は首を振るだけだ。僕は、近くに放送用のスピーカーがあったので、それが鳴ったのだと無理矢理納得したのだが……、何かがおかしいと頭に引っかかっていた。

体育館に辿り着き、場が暗転し、劇が始まった。それは「バックトゥーザパースト」と銘打たれた、ミュージカルを模したようなものだった。幕開けの音響効果や光演出だけでも中々のもので、少しそれに興味が出た矢先、また、

『…ジジ…ジ…ジ…』

と妙な音が聞こえた。

劇に使われているマイクの調子が悪いのか……？　いや、これはさっきの……。

音の出所を探るとその耳障りな音は、どうやら外、僕らが来た方向から聞こえてきたようだ。僕は劇を邪魔しないようにそっと場を後にした。

何だ？　この音は？

学園祭の雑踏の中、その電磁波のような音は、はっきりと……いや、はっきり過ぎるほどに僕の耳に聞こえた。

今のは……音……なのか？

僕にはそうは思えなかった。

何か……頭の中に直接聞こえたような。

『…ジジ…ジジ…』

まただ……！　どこからだ？

あたりを見回してみると、学園祭の人ごみの中、ちらほらと挙動不審に周りを見回す人が数人いる……。恐らくあの人々にも聞こえたのだろう。だが、皆に聞こえているわけではなさそうだ。と、僕はこの音が僕だけに聞こえているのではないことを確信するとともに、それが自分にだけ聞こえる……いわゆる幻聴でもないのだろうと確信した。

『ジジ……』

また聞こえる。……ん？

背筋がゾクっとした。

何だ？　声？

僕はその電磁波の向こうに、何か異質な音……男性の声のような音が混じっていることに気がついた。僕は石段に腰を下ろし、下を向いて耳に意識を集中した……。しかし何も聞こえない。その電磁波は常に発生しているわけでもなさそうだ……。

「ふぅ……」

と溜め息をつき、僕がふと目の前に広がる人波に目を奪われた時、不意に、

『…ジジ…ジジ…。ザ…ザザー』

という先刻よりも長めの電子音…。そして今しがた、やっと繋がったように、

『おーい!! おーい!! おーい……!! 俺はこっちだー！』

音の割れたレトロなラジカセのような音で、非常に小さく、遠いが……男性の必死の叫び声のようなものが聞こえた。

何だ？ 今のは？

僕はハッとなってあたりを見回した。卵煎餅の屋台に並ぶ列の中に、僕と同じようにあたりを見回す人がまばらにいて、そのうちの何人かと目が合った。僕は視線を外し、声がするほうに行こうとしたが、その声は小さすぎて、またその声が聞こえるのは断続的なので、曖昧な方向しか特定できない。

とりあえず……こっちか。

僕は自転車置場の向こうに見える、小さめの建物のほうへ向かった。

学園祭の華やかな雰囲気とは別世界のように、敷地の隅にポツンと佇むその建物は、学園祭に参加していないように、ひっそりとしていて鍵がかかり、窓から見えた内部の扉の上部には、「第一実験室」「第二実験室」というプレートがかかっていたことから、この建物は「実験棟」ではないかと予想がついた。

『…ザザ…ザーザー…。おーい！　おーい！　おーい！　俺はこっちだー！』

先刻よりもかなりはっきりと聞こえたが……それでもやはりそれは遠い……。少しうろうろとしてみたが、やはりこの実験棟の周りが一番よく聞こえる……。

ってことはやっぱり中からか……。鍵も閉まってるのに。

僕はそんなことを考えながら、建物の前で呆然としていたが、不意に後ろから、

「下からじゃないですか……？」

と、見知らぬ若い女性に声をかけられた。驚いて振り返り、
そうか。この人にも聞こえたのか。

と、状況を把握した僕は、

「あなたにも……聞こえるんですね……」

と尋ね、彼女は首を縦に振った。

「下から……か？　うーん……どうしたもんかな」

と僕は独り言のように呟くと、彼女は愛想笑いを交え、

「責任者の方に言ってなんとかしてもらう……しかないですよね……」

と言った。

確かに、それが一番現実的だ。鍵を開ける権限を持った人間に「閉鎖された校舎の中に、誰か人が閉じ込められている……」と伝え、なんとかしてもらうのが常識的だろう……。だが学園祭も佳境の今、もしも誰かが閉じ込められているのならば、とっくの昔に誰かが救助に向かっていてもおかしくない。僕は「あの音は、一部の者にしか聞こえていない」という観点から、「その声を出す人物はこの世のものではない」というオカルト的な可能性を彼女に伝えることはできなかった。閉じ込められたのが、ほんの今しがたなのであれば、可能性がないこともない……が。

これが立入禁止の山道や、廃墟なら、僕は喜んで立ち入っていただろう……。だが、現在も使用されているであろう校舎に不法侵入など、とてもできたもんじゃない。とりあえずその案にのり、当の彼女には、

「こっちは僕がやっとくから、君は友だちのところに帰っていいよ」

と伝えておいた。

その後、僕は自転車置場の花壇付近にいた学校関係者風の男性を捕まえて、上記のことをやんわ

りと伝えると、変なものを見るような目で、

「あぁ……。わかりました……」

と薄ぼんやりとした返事がきた。その煮え切らない返事に、僕は何か納得できなくて、遠目から
その男性を見ていても、やはり実験棟へ向かう気配もなく、また鍵を取りにいく気配もない……。

苛立ちにも似た好奇心は僕を再度、その男性へと足を向けさせた……。

「すいません。あの……人が閉じ込められて……。行かなくてもいいんですか？」

と、話を切り出すと、

「あぁ……はは……」

と彼は、人のよさそうな愛想笑いをして、後ろ頭をポリポリと掻いている……。一応、僕は大人
で、当日はキチンとした服装で訪れていた。つまり僕が何かを言ったとして、軽くあしらうような
対応を取られるとは思わなかったのだ。

「ひょっとして、今までにもこんなことがあったのかな……？」

僕がポツンと呟くと、彼は無言のまま、上目使いで僕を見つめた。

ん……？　この人、何かを知っているのか？

そう思った僕は、

「もしよかったら、正体を教えてもらえませんか？　このままじゃ、今日は眠れそうにない……」

言い渋る彼に何度も頼み込んでいる最中に、

『…ジジ…ザーザー…』

また電子音がした……。僕が少しだけそれに気を取られ、目だけでその方向を見ると、彼は僕と会って初めて驚いたように僕を見て、

「たまにいらっしゃいますが、あなたにも聞こえるんですか……」

と、ため息まじりに言い、

「これはね……。私の独り言ですよ……」

と話し始めた。

昔、彼が用務員として、この学校で働き始めて数ヵ月が経った頃、彼自身が同じような奇妙な体験をした。定期的にどこからか助けを求めるような声が聞こえるのだ。それは決まって、昼過ぎから二時までの間、そして夕方の五時から、七時までの間、ひょっとしたらそれ以外の夜中や早朝も聞こえているのかもしれないが、彼は、彼がいない時間のことまではわからないと言った。

「どこだー!!」

と叫んでも、叫び声を上げる主との意思の疎通は叶わず、彼は声を頼りにその位置を探すしかなかった。そこで最後に辿り着いたのが、あの実験棟。放課後の暗くなり始めた校舎の中、声を頼りに彼は単身乗り込んでいった。声は大分近くなったものの、その位置の特定は難しく、また七時以

降には、それが聞こえなくなるので、探り当てるのは容易ではなかった。何とか場所が特定できたのは、初めてそれが聞こえてから何日か経った後で、その場所は化学準備室、生徒たちが使用する部屋ではなく、主に教師たちが使用する部屋からだった。

「私はねぇ……。とりあえず入ってみたんですよ……」

と彼は続ける……。普通の教室の半分ほどの広さしかないその部屋は、黒い暗幕にも似たカーテンのせいで、外の夜の闇よりも真っ暗だった。そんな中、突然……あの声が、今までにないぐらいにはっきりと、まるで壁一枚向こうにいるかのように大きく聞こえた。突然の出来事に肝を冷やした彼だったが、それよりも驚いたことは、なんと……その出どころは部屋の……床下からだった。

薄い絨毯(じゅうたん)のようなマットの上を歩いてみると、

「…コツ…コツ…ギシ…ギシ…コツ…コツ……」

と一部だけ音の反発が妙だった。

下に空洞があるような音……。そこに誰かが……いるのか？

彼はマットを捲(まく)りあげた。そこには一般家庭の床下貯蔵庫のような、四角い切れ目があった。それはただの蓋のようになっていただけで、その下には赤錆びた古く巨大な鎖と南京錠で封印された、取っ手のついた鉄板があった。

と……扉か…？　鎖……？　やはりここに誰かが閉じ込められているのか？

彼はその鉄扉を叩きながら、

「おーい!! 大丈夫かー? 誰かいるのかー?」

と叫んだが反応はない。

誰かがいたとしても、この巨大な南京錠……。鍵にも心当たりはないし……。バールのような器具で壊すしか……。

と彼の頭によぎった時、

「ジャラ…ジャラ…ギシ!」

と、鉄扉がほんの少し持ち上がり、鎖に阻まれて止まる音。そしてまるで地の底から響いてくるように低く、聞いた者の心を握り潰してしまうような恐ろしい声で、

「やっと…やっと……来て…くれたな……」

と、いつものそれとは別の声がした。恐怖で半狂乱になったせいか、彼はどうやってその場から逃げ出したのかは覚えていないという。翌日以降にも化学準備室の異変に気づいた人はいなかったとことから、無意識のうちにあの床に蓋をして、絨毯をかけてから逃げたのではないかと言っていた。そしてその後、彼自身が気がついたことがある。第一に、あんな場所の床下からの声が、校舎の外にまで聞こえるわけがないのだ。第二に、長期間にわたりずっと声が聞こえるということを考慮すると……その人物はどのようにして、あの床下で生き延びているのだろうか……? これらの

ことから、彼はあれを非現実的にも、「人間の言葉を話すが、人間ではないもの」であると判断した。その後、声が聞こえても聞こえない振りをし、やり過ごすことにして……今まで生きてきたという……。

気味の悪い、まるで映画のような話だ。

「それは……かなり恐ろしい経験ですね……。化学準備室ってことは……時の化学の先生が何かを……」

僕が、予想外の……期待を大きく超える壮絶な彼の話に、目を見張ってそう言うと、彼は、

「いや、あるいは……確かにそうかも知れませんが……あの鉄の扉は古すぎた。ここ数十年のものではなさそうだ。あの後ね……私なりに調べてみたことがあるんですよ……」

と彼は続けた。

「実はね……。過去、この学校の敷地には旧日本軍の施設があったみたいなんですよ。まぁ、それが関係しているのかはわからないんですが、あの床下の空間は……ひょっとして防空壕跡なのかも……。ちなみに終戦直後に、連合国軍に占領されるのをよしとしない日本軍兵士たちは……河辺や、山中、または防空壕で……自決したという話もあります。私にはそんな方々の思いが……あそこに渦巻いているような……そんな気がして……ね」

真顔だった彼は最後に会釈した。関係がないかもしれないが、確かにこの学校は……昔、「帝国」

と名前が入っていた……はずだ。僕は何も言えなかった。何も言えずに、ただ彼の顔を見ていた。

すると、

「ははは……。冗談ですよ。思ったよりも長くなってしまった。最後まで聞いていただいてありがとうございます。今日は学園祭です。私の出し物、楽しんでいただけましたか?」

と彼は取り繕ったように笑ったが、僕は笑えなかった。

話は確かに彼が創ったものと言えるかもしれないが、あの……僕以外にも聞こえた電磁波のような音の説明がつかない。しかもその音を聞いた中の、少なくとも一人は、「下から聞こえてくるのではないか?」とまで言っていたのだ。

「あの……、もしも……もしもの話ですが……」

と僕は真顔のまま切り出した。

「ん?」

と彼は貼りつけただけのような笑顔で僕を見る。

「もしも……、誰か仲間がいれば……、その部屋の床下に、もう一度行ってみようと思いますか?」

と尋ねると、彼もまた急に真顔に戻り、

「作り話ですけどね……。絶対にごめんですわ……」

と視線を落とした。最後に僕は彼の名前を尋ね、この話を誰かに言ってもいいかと尋ねると、

「どうせ……当時の教師たちも残っていないし、誰も信じないでしょうし……。構いませんよ」

と返ってきた。

彼に別れを告げ、時計を見るととっくに劇は終わっている時間だった。すぐに一緒に来てくれた講師に謝りの連絡をして合流し、もう一回り、学園祭を楽しんでから帰路についた。


その後の塾で、結局、劇を観ていなかったことは生徒にばれた。ピーピー言う彼に詫びるとともに、

「お前の学校の用務員の○○さんから聞いた話やけどな……」

と僕の体験を話した。

そして後日、その生徒の独自調査から、何点かの奇妙なことがわかった。あの学校には、確かに「誰かの助けを求める声」や「実験棟で透明な人影の列を見た」だの、そんな七不思議じみた都市伝説があること……。化学準備室は教師専用の部屋だから、生徒の彼は立ち入ることができなかったのだが、代わりに今から何十年か前に、化学室の事故で一人の教師が亡くなっていたらしい……。その時に床も全面的に改装され、今は朱塗りの石造りで床下へ通じる扉などは存在し得ないとのこと。現在その学校には、用務員から講師に至るまで、○○という名の人間などいないということ。そして……、その化学室の事故で亡くなった教師が……、偶然にも○○という名前だったということと……。僕はこの報告を聞いて頭を抱えることとなった。ということは……僕にあの話をした○○

は……何者だ……？　学園祭に来たただの酔狂な客の一人なのか？　いや……彼は実験棟の内部に関してよく知っていた。それは生徒に確認する限り、間違ってはいなかった。このことから、彼がただの客ではない……と判断できる。なぜ、彼は用務員であるなどと偽り、またあのような生々しい話を僕にしたのだろうか……？

彼は、あの……電磁波の向こうに聞こえる声と……何か関係があるのだろうか……？

あるいは……彼自身が……。

宝探し

「朝日さす 夕日はささぬ三本の 榊の下に 宝あり」

　ひょんなことから大阪近郊の山に、こんな埋蔵金伝説があることを知った。それほど遠方というわけでもなかったので、僕は物見遊山的なハイキング気分でその山を訪れた。

「朝日さす 夕日はささぬ」ということは、恐らく山の東側に位置しているはずだ。地図を確認し、音楽を聴きながら、鼻歌まじりに僕は、適当に山の東側に足を踏み入れた。夏の山はムッとするような湿気が一杯で、かなり蒸し暑かったが、嫌な気分ではなく、むしろ久しぶりの冒険気分に僕の心は躍っていた。

　僕はマスク、軍手はもちろんのこと、長袖、長ズボン、蛇対策として靴下を二重に履いていたのでかなりの暑さだったが、おかげで繁茂する草木に対しては、ほぼ無敵に近かった。昔とった杵柄（きねづか）で、獣道や古い道の跡を見つけることは、僕にとってそう難しいことではなく、無敵の僕は草を掻き分けながら山の奥へと進んだ。何度か行き止まったり、引き返したりしながらしばらく進むと、草むらの中に石垣が見え始めた。石垣があるということは、過去に人の手が加えられた証拠だ。僕はその石垣を調べ、辿るようにしばらく進んだ。どうやらそれは過去、道か階段だったのか、それとも道の端に積まれたものだったのか、とにかく山を登るかたちで追跡することが可能だった。

僕はかなりヘトヘトになっていたが、山の中腹あたりだろうか、突然、開けた場所に出た。僕は近くにあった大きめの岩に腰かけて持参の飲み物を口にすると、ため息、深呼吸をして、そろそろ帰ろうかな、と考えていた。ふと落ち着いて周りを見回すと、その一帯だけはなぜか草が短めだ。なぜだろうと、よく地面を見てみると、所々に石垣や人工物が見えた。どうやらこの場所には以前、何かがあったようだ、と思ったその時、僕は自分が宝探しの下見にきていたことを思い出した。

ひょっとして、何か手がかりがあったりして。と、僕はあたりを調べ始めた。

どうやら残っていた石垣はかなり広い建物の基礎部分のようだった。少し離れた場所の恐らくは敷地内に、巨大な木が生えていた。ある程度、見終えた後に、僕はまた先刻の岩に腰かけて考えた。この規模の建物が、過去、山の奥にポツンとあったってことか……。元は何だったんだろう。とりあえず考えても解らないものは解らない。暑さで意識が朦朧とし始めてきた。

ふぅ暑いな。一段落ついたし、下りようかな。

と腰を上げた時、僕は硬直した。

「あはっ！」

誰もいないはずのその場に、子どもの笑い声が響いた。僕は周りを見回したが、もちろん誰もいない。

「ふふ……」

まただ。周囲に人影はないが、その方向は特定できた。そちらに耳を澄ませると、何かコソコソと話し声が聞こえる。

はぁビックリした。子ども？　こんな山奥に？

ヒソヒソと何を言っているのかはわからないが、含み笑いなどが聞こえるので、迷い込んだ、と考えるよりも、遊びにきている、と考えるほうが自然だ。というか、僕が笑われているのではないだろうか？

つまりこの場所にはもっと簡単に、子どもの足でも来られる手段があるってことか。

僕は元来たきつい道のりを戻る気にもなれず、子どもたちの声がするほうに歩いていった。しかし子どもたちは警戒しているのか、気配を隠してしまっていた。僕は、

「驚かせたかな。ごめんな。君らが来た道を教えてくれないか？」

と声に出して、彼らとの接触を試みた。すると、ガサガサと草を掻き分ける音とともに、

「こっち、こっち」

と声がするが、相変わらずその姿は見えない。

まぁ、教えてくれているならいいか。

と僕は声のするほうへ歩いていった。彼らの姿を確認できないまま、一五分は歩いただろうか。実際には草を掻き分けながらだから、距離的にはそれほど進んでいない。そう、それがおかしいのだ……。子どもが進めるような道ではない、というよりも、明らかに道ではない方向から声がするのだ。

「なぁ。そっちは道じゃないっぽいんだが。ほんまにそっちなん？」

と聞くと
「あはっ！　こっち、こっち！」

とやはり声が聞こえてくる。僕は立ち止まった。正直、草を掻き分けるのに疲れたからだ。すると、今度はかなり離れた場所から男の声で、

「おーい！　こっち、こっち！」

と叫ぶ声が聞こえてくる。

親もいたのか。

と僕はその方向を見るが、やはり姿は確認できない、というか完全に深山だ。道があるとは思えないのだが……。僕はとりあえずそちらの方向へ向かうとしても、少し引き返してから違う方法で

行こうと思い、踵を返した。すると直後に、

「おーい、おーい！　そっちじゃない！　こっち、こっち！」

とまた声がした。

はいはい。こっちね。

と、また山奥のほうを見るが、とてもじゃないが歩ける道ではない。

やはり少し戻らないと。

と戻ろうとすると
「違う、違う！」

と声がする。と、やっとその時、冷や水をかけられたように、僕の意識ははっきりした。声の主は僕の行動を完全に把握している。姿もはっきり見えないはずなのにどうやって？　僕は驚いたように振り向いた。だが、やはり影もかたちもない。

どこだ！　どこから見ている⁉

真夏の暑い深山で、鳥肌が立った。僕は足早に下へ……石垣のあった広場へ下り始めた。

「おーい。違う！　違う！　そっちじゃない」

と声が響くが、無視した。広場に辿り着き、元来た道を急ぎ探していると、

「おーい、おーい。今からそっちに行く。その場から動くなー」

来る……？

ゾッとした。鳥肌は全身に及んだ。僕は振り返る。しかし人影はもちろん、山の先には道らしきものなど全く確認できないし、何よりも僕が導かれていた方向は山を登る方向、より山奥へ続いている。やはり道があるとは思えないのだ。僕は元来た道を見つけ、足早にそちらに向かった。広場を背に、下ろうとした時、僕の全身は硬直した。

気配がする……。しかも一人や二人ではない。後ろから大勢に見られているような圧迫感。鼻をすする音や、息づかいなどが露骨に聞こえてくる。僕は広場を振り返ることなどできなかった。皮肉にも僕の金縛りを解いたのは、

「おーい！　そっちじゃない！　もう着くから、その寺から動くなー！」

と言う声だった。

寺って何なんだ⁉

半泣きになりながら、弾かれたように僕は坂道を駆け降りた。すぐに僕はつまずき、前のめりに地面に両手をついた。

「おーい！　大丈夫かー？　そっちじゃない！」

とまた相変わらず声がしたが、お構いなしで僕は走った。暑さも感じないほどの恐怖と悪寒は止まらない。何度か転んだが、それでも僕は走った。なぜなら僕は見たからだ。最初に転んで地面に

両手をついた時、広場のほうから僕を見下ろす大勢の無表情な子どもたちの顔を……。

その後、僕がどのように山を下ったのか、またあの「おーい、おーい」と言う声が、いつまで聞こえていたのかも記憶にない。

ただ帰ってから調べたのだが、あの山には埋蔵金伝説とは別に、もう一つ僕の見たものを裏づけるような伝説があった。それは日本が大飢饉に襲われた時代、あの山は子どもを間引いて捨てにいく「子捨て山」だったのだという。

これを知った僕は、もうあの山には行けなくなった。たとえあの埋蔵金伝説の歌にある「三本の榊」が実は三叉の巨大な木を示唆していたとして、あの広場にあったあの巨木はまさに三叉のそれであったとしても……。

卵女（たまごおんな）

「先生。ちょっと見てや」

そう言って当時中学二年だった上山恵斗（けいと）は、僕にスマートフォンの画面を見せてきた。それは体育祭での平凡な写真。彼が五十メートル走で走っている写真だ。これは彼の友人が客席から撮ったものを、携帯電話に転送してもらったものらしい。一見なんの変哲もない写真。しかしよく見ると、走っている彼の右足の膝から下がない。

なるほど心霊写真ってか。

「はは。足がないやん。ぴったり後ろにくっつけるなんて、変な走り方やなー」

と僕は笑った。

「いやいや！　違うし！」

と彼も笑った。

「本当のことを言えば、昔から高速で動くものをカメラで撮ると、こういう風に部分的に欠落して写ることがある。たぶんそれやろ」

「なるほど」

と彼は少しの間、考え込んでいたが、

「じゃあこれも？」

と言って別の写真を見せてきた。今度は組み立て体操の写真だ。二人ペアになって倒立している写真だったが、逆さになり、ペアによって支えられているはずの彼の右足がまた消えている。

「逆立ちした直後に撮られたから、まだ右足が動いてたんじゃないか？　まぁ確かに、不安になるような偶然やな」

「じゃあこれは？」

と僕は返した。また彼は少し考え込んで、
とまた写真を見せてきた。今度の写真は複数人のクラスメイトと写っているもので、皆がピースサインをしているのだが、また彼の右足が消えている。

ん？　この写真の状況下で、足が速く動くのか？

「何かの拍子に足が動いたのかな？」

くらいのことしか言えなかった。明らかに納得していない顔の彼は、すぐにまた違う写真を見せてきた。どの写真もかなりの頻度で、また高速で動いているとは思えない場面で、彼の片足が写っていない。

「おい！　体育祭で撮った写真は全部、片足が写ってなかったのか？」

「いや全部ではないけど。けっこう写ってない」

偶然にしてはちょっとおかしいな。

さすがに少し気味が悪くなった僕は、

「おい。やっぱ、一応、霊的な説明も……しとこうかな……」

オカルト的に言えば、体の一部が写っていない写真は、その部分に何かが起きるという前触れであることが多い。つまり事故にしろ、病気にしろ、その部分を特に気をつけろ、ということだ。それとともに、

「守護霊が『気をつけろ』って言ってることが多いみたい。逆に言えば、気をつければ大丈夫ってこと」

と付け加えておいた。

さて。心霊写真か。

とりあえず彼の右足が写っていないことから、右足に何かがあるのだろうか？

まぁ考えてもわからないこともある。とりあえず様子を見るしかないか。

それから一ヶ月ほど経った夏休み前のある日、

「なぁ先生。あのな……」

と深刻そうな顔をした恵斗が僕に、また相談を持ちかけてきた。

「ん？　また心霊写真か？」

と尋ねたが、どうやら今度は違うことらしい。

その頃、いや、あの体育祭のもっと前から、彼の周りに妙なものがチラついていたようで、彼は自分の目がおかしいと思っていたようだ。しかしそれが段々とはっきりしてきたという。

初めのほうは、先の見えない道の曲がり角や、電柱の陰に、何かが隠れるように、また学校の靴箱あたりに黒い影のようなものがモヤモヤと浮かんでいるようだったという。そしてそれらは時間とともに、次第にはっきりとしてきた。時系列的にはこのあたりにあの体育祭があったらしい。それからまたしばらくして、自宅の玄関で、彼が靴を履いて外に出ようとした時に、入口のドアのガラスを通して、小柄な人影が見えた。誰かがいるのか、とドアを開けても、そこには誰もいない。

その時に初めて何かがおかしいと感じたようだ。そしてある日、登校中に何かにつまずいて、彼は前のめりに派手に転んだ。地面に手をついたまま、何につまずいたのかと振り返ると、転んだ拍子に脱げたのであろう片方の靴が、地面から生えるように突き出た白い手に捕らえられたままだった。

そんなはずはない……！

と、見開いた目を閉じ、頭を振って、再びそれを見た時にはもう、そこには何もなかった。

「なるほどな。あまり気にしないでいいとは思うけど……」

そう……。恵斗は体育祭の写真において、足が写っていなかった。つまり何かが起きたなら……例えばただ転んだだけでも、あの予言めいた写真と何か関係があるのではないかと思い込んだり、もっと言えば、何もないところで足を取られるほど、過剰に反応しているように思えた。

これは怯えからくる自己暗示に近い。

そう彼に伝え、また、

「不安ならいつでも相談に乗るし、むしろ霊なら俺の得意分野やから、心配いらんよ。そのほうが楽やわ」

と笑っておいた。しかし内心、僕は、他の現象は自己暗示で説明がついても、あの写真は現実で間違いない。つまりそっちの可能性も考慮に入れとかなければ……、と思い、いつもの六地蔵の寺のお守りを彼に渡して、

「まぁ悪い霊ならこれで大丈夫。これはあの伝説の、聖なる奇跡のお守りやからな」

とまた笑っておいた。そう……、これでたとえそれが霊的なものにしろ、自己暗示によるものであるにしろ、万事解決するはずだと、僕は信じていた。だが、物事は予想通りには進まなかった。

その後、恵斗は、日に日に何かに怯えるような素振りが目立ち始め、塾の授業中にすら、小さな

物音に大袈裟に反応したり、目の下に隈まで目立ち始めた。たまり兼ねた僕はある日
「おい。大丈夫か⁉　酷い顔してるぞ」

と尋ねずにはいられなかった。

「いや。うん……」

としまりのない返事で、僕の後ろに位置する塾の出口のほうをチラチラと気にしている。振り返っても何もない。チラホラと授業が終わった生徒たちがドアから出て行っているだけだ。

「先生……。やっぱり見えへんねんな……」

ボソッと彼が口にしたその言葉に、僕はゾッとした。つまり、あれはまだ終わっていなかったのか。今現在も彼の目には何かが映っているのか。しかし僕には何も見えない。囁くように僕は彼に、

「ひょっとして、今もいるのか？」

と尋ねると、彼は首を小さく縦に振った。すぐに僕はこれはチャンスだと思い直した。恐らくは自己暗示の類(たぐい)だとは思うが、どちらにせよ、僕がここでお祓いを……、正確にはお祓いが成功した振りをすればいいのだ。僕は恵斗を引き止め、全ての生徒が帰るのを待った。竜介が何か言いたいことがあったようだが、今は恵斗が先だ。幸い竜介のほうは急を要する件ではなさそうだったので、後日に回したのだが、

「これだけ……」

と言って僕にメモを渡して帰っていった。それをポケットに入れ、心なしかガタガタと震えながら座っている恵斗のほうへ向かった。

「大丈夫！　今なんとかする」

と言ったが、

「先生見えへんのやろ？」

と全く信用されていないような返事がきた。

まずいな……自己暗示の解放は、恵斗がどれだけ僕を信用してくれているかにもかかっている。

「すまんな。だが必ず助けるから、心配はするな。見えなくても手段はある」

「うん。ありがとう」

彼は驚いたようにそう言って、少しは信用を取り戻せたかのような返事をもらった。

「では、何が見える。どこにどんな奴がいる？」

彼が指をさしたのは、なんと塾内のドアの前あたりだ。

「部屋の中か？　どんな奴や？　人か？」

「それがわからんねん……」

「わからん？」

「一応さ、人の形をしてて……、女やと思うんやけど……」

彼が言うには、靴箱の前あたりに、のっぺりとした目も鼻も口もなく、白いツルツルの、まるでゆで卵のような顔をした四頭身ほどの何かが座っているらしかった。何もない顔の割には、髪の毛だけが長いらしく、それを頼りにそれを女だと判断したらしい。僕は彼のこの説明を聞いた瞬間、全身が総毛立ち、額に汗が浮かぶのを感じた。

僕の予想とはかなり違う。

ここにきて僕はやっと、これは彼の自己暗示ではないかもしれない、と本腰を入れて考え始めたのだ。

自己暗示による幻覚なら、もっと一般的な……、もっと恐ろしい見かけで、いかにも幽霊、怨霊といった描写のものが目に映るだろう。なぜなら、それが自己暗示によるものであるならば、本人が思い浮かべるような……、つまりテレビでよく見るような……、そんな恐ろしい姿が幻覚として現れてよいはずだ。誰が霊に憑かれたといって、のっぺらぼうのような、こんな『卵女』を想像するだろうか？

つまり恵斗が見ているものは……。

体中にどっと汗が出た。

「おい。一応聞くが、その卵女に心当たりは？」

僕の緊張が彼に伝わったのか、彼もまた緊張した様子で、

「いや……、ない」

と囁くように答えた。

「見た目にもか？　最近、そんな漫画とか、映画とか、話とかも聞いてないか？」

「ないと思う」

つまり心当たりもないのに、一般的な幽霊とは全く違った容姿の、妖怪じみた何かが見えるというのか……。

「わかった。確かに……、何かがいるみたいやな。お守りはちゃんと持ってるか？」

「持ってるよ。でもアイツはいつもついてくるねん。学校にも、塾にも……」

お守りが……、今まで何度も助けてくれた地蔵の力が及ばない……？　そんなことはあり得ない！　やはり幻覚なのではないか？　いや、しかし……。狼狽えた僕は、場をやり過ごすために、

「おい今は卵女、何してる？」

と尋ねた。

「いや、アイツは基本的に座ってるだけやねん。学校でも、塾でも家でも、入口とか出口で……」

いるだけで害がない……か。そんなに悪い奴でもないのか…？

「でもな。外に出るとついてくる。で、まとわりついてくる。体育の授業中とかも……」

外に出るとついてくる？　恵斗に好意を持っているのか……？

「でな。あいつさ、ボソボソ喋ってくんねん。返して……、返せ……、って」

返せ？　何を？

「心当たりはないんよな」

「ない」

「気持ち悪いけど……、一応は無害なのか」

「でもたぶんそろそろヤバイ……」

「何で？」

「だんだん言葉が「返して」から「返せ」って変わってきたし、なんか色も、ちょっとずつ黒くなってきた」

「なるほど。苛ついてきているように思えるんやな。まぁ……、お前も毎晩、一晩中ブツブツ言われたら、寝られへんわな……」

僕は彼の目の隈を見て言った。

「いやアイツは部屋とかには来ない。いつも玄関にいて、とにかくついてくんねん……」

実に奇妙な行動だ。恵斗に用事があるのは間違いないとは思うのだが……。

しばらく考えたが僕には何も見えないし、何もわからなかった。ただ彼の話の具体性からしても、それは自己暗示によるものではないように思えた。

「おい恵斗。とりあえずその卵女を、俺に譲ります、と言え」

「譲ります」「はい、受けとりました」という簡単なやり取りで、霊的なものは受け渡すことができるという。とりあえず僕はその卵女を僕に移して、後は僕が何とかしようかと思ったが、全く卵女に変化はなく、僕に移った気配もないようだ。六地蔵の寺のお守りを持って、靴箱付近に行ってみたが、全く動じた様子もないらしい。

途方にくれた僕は、最後の手段を取ることにした。幸いなことに、この卵女は今すぐに恵斗をどうにかしようとしている気配はない。言い換えれば、まだ時間はあるということだ。だから僕は、翌日にでも恵斗を連れて、直に六地蔵の寺に行くか、以前、憑き物から僕を救ってくれた柊の寺を訪れて、何とかしてもらうことにした。このことを恵斗に伝えると、彼もそれで納得し、翌日のプランを簡単に考えた。その時、何気なくポケットに手を突っ込んだ僕は、手に何かがあたるのを感じて、それを取り出した。それは四角い付箋のメモ紙だった。

あ、そういや竜介が何か言ってたっけな。

と、メモを見てみると、そこには、

『靴のかかとあたりに何かあると思う』

とだけ書かれてあった。

何だ、このメモは？　靴のかかと？

靴と聞いて、無意識に靴箱のほうを見る。やはり僕には何も見えないが、自動的に、そして実に冷静に、僕の頭が回り始める。恵斗が言うには、卵女は玄関にいる。学校でも塾でも、入口に座っている。体育の授業でもまとわりついてくる。登下校など、恵斗が出ていく時についてくる。だが部屋にまではついてこない。ひょっとして卵女は……、恵斗に憑いているのではなく、

「靴か！」

僕は大きな声を出してしまった。恵斗が目を丸くして僕を見る。僕はズカズカと靴箱に一足だけ残っている生徒の……、恵斗の靴に駆け寄り、

「恵斗！　右足やったっけ？　写真で消えてたのは？」

「え⁉　ああ……、うん」

と言う恵斗の返事も待たずに、靴を抱え、靴底を見る。かなり履き込んでいた靴なのか、靴底のゴムのソールには、所々にヒビが入っていた。

何かないか！

僕は必死に手がかりを探した。

『かかとあたりに何かあると思う』

竜介のメモが頭に響く。そして、そのかかとの端に突き刺さるような金属片を見つけた。塾に置いてある工具箱からニッパーを取り出し、注意深く、ピンセットのようにそれを使い、金属片を

引っ張り出した。それは驚くべき……、実に、驚くべきものだった。

「ああ……これか！　これが原因だったのか」

今回の全ての原因は……、その金属片だと思われたものは……、なんと指輪だった。宝石も何もついていない飾り気のない指輪だ。文字が彫ってあるようだったが、かすれて読めなかった。少し離れた場所にある席から、恵斗が「うわっ」と小さなうめき声にも似た声を上げた。

「どうした？」

「アイツが……」

卵女に動きがあったらしい。

「シャキッとしろ！　アイツがどうした⁉」

僕は怒鳴った。今は怖じけている場合ではない。僕の声に恵斗が自分を取り戻す。

「消えた……」

数分後、落ち着きを取り戻した僕は、

「恵斗。この指輪に心当たりが……、あるわけないか」

靴に挟まるように刺さっていた指輪に、普通、心当たりがあるわけがない。

「うん。アイツ、これを探してたんか」

恐らくはどこかに落ちていたこの指輪を、彼が偶然に踏んでしまった拍子に、靴底に刺さるように潜り込み、毎日の歩行運動により、どんどんと奥に入り込んでしまった……。たぶん、そんな感じだろう。


ふと時計を見ると時間も遅くなっていた……。

まずい……。帰らせないと。

気が抜けたのか、急に自分の立場が頭に浮かんだ僕は、また何かあれば連絡を、とだけ伝え、急ぎ恵斗を帰宅させた。その後、僕はその指輪を水で綺麗に洗い、ティッシュペーパーで磨くように拭くと、それは驚くほどに綺麗に光った。それを折り畳んだ新品のコピー用紙に包み、とりあえずの保管場所として封筒に入れた。そして翌日、僕はある生徒の授業を待っていた。そう、今回の裏役者の竜介を。

「竜介。昨日はありがとう。助かった。ちなみにお前には最初から見えてたのか？」

「ああ……、役に立ったならよかった。なんか困ってたから……、あの人」

あのひと、か。

「どんなんが見えてた？　ひょっとして、かなり前から見えてたのか？」

「いや、見たのは昨日が初めてやで。なんか面白そうな話してるなと思ってさ、んで、靴箱のあたりがなんかモヤモヤしてるのに気づいてん。で、しっかり見ると、靴箱の前で女の人が泣いてた。

で、目が合ってしまって、それでなんか俺に言ってきてん。この靴底に大事なものが入ってしまって困ってるって。時間がないから、どうにかして欲しいと。でも俺は知らん人の靴とか勝手に触れへんやん。だから先生にメモを渡してん。先生やったらメモもいらんかと思ったけど……」

ははは……。さすがだな竜介！

「ありがとう竜介。俺には全く見えんかったし、どうしようもなかった。お前のおかげで、俺も、恵斗も、その女の人もハッピーエンドになれそうやわ。ありがとう」

竜介は少し照れたように頭をかいていた。

後日、僕は、柊の寺を訪れた。久し振りに会った柊と現住職であるその父は、僕を暖かく迎えてくれて、また事情を話すと快くこの指輪を引き受けてくれた。

「しっかりと供養しとくのでご安心下さい」

と安堵の言葉をもらい、また、

「いつでもおいで下さい。味方はここにもおりますので……」

と心強いお言葉をいただいた。

その日の夜、僕は夢で「卵女」に初めて出会った。その夢は桜咲く柊の寺の門前で、彼女が深々と僕に頭を下げているところから始まった。だが彼女は恵斗が言うような容姿ではなく、細身で後光の射す綺麗な女性だった。

「この度は本当にありがとうございました」

「いやあの……、どなたでしたっけ？」

「卵女です」

と彼女は笑った。

「いや。え？　恵斗が言ってたのとは……全く……。初めまして……」

我ながら間抜けな受け答えをしたと思う。

混乱する僕に向かって、彼女はことの成り行きを説明してくれた。

霊感の強い竜介には人の姿として認識されたようだが、恵人の目に彼女が奇怪な「卵女」として映ったのは、彼女自身が自分自身を忘れかけていたからではないか、と彼女は言う。自分がなぜ死んだのか、いつから死んでいるかもわからない中、指輪に取り憑いて何かを待ち続ける日々。そんな状態が続いたことで、自分の姿を保てなくなりはじめ、もしもそのまま忘れてしまえば、何を求めているのかもわからないまま彷徨い続ける……、そんな存在になっていたかも知れないと説明してくれた。

「なら、とりあえずよかったです。まぁ……、竜介のおかげですけどね……」

「いえ。道まで示していただいて本当にありがとうございました」

彼女は寺のほうを見た。道とは寺か。つまり成仏できるということか。

「ならよかった。えっと、あの……、お名前は……？」

「卵女で結構です。実は私は自分の名前を思い出せなくて……」

僕は焦った。さすがに卵女なんて適当な名前で呼ぶことはできない。

「さて。お目覚めの時間が近いですね。この度は本当にありがとうございました。このお礼は必ず……。では、またお会いしましょう……」

まずい。そう思ってとっさに、

「た、たま……、タマさんもお元気で」

と別れを告げたのち、目を覚ました。

彼女の言ったとおり、僕がその後も彼女と会う機会があるのなら……、彼女がその名を思い出すまでの間はとりあえず、タマさんと呼ぶことにしよう。もちろん、彼女から「タマさんではなく卵女と呼んでほしい」と言われなければの話だが……。

山鏡（やまかがみ）

砂で小さな台形の山を作る。その頂上に丸い鏡を上に向けて置く。そして鏡が表面へ出ないようにその表面へ砂を薄くかける。そして鏡の縁に沿って、等間隔で小石を置き、指で頂上の鏡まで続く小さな階段を作る。これを神社や山の巨木の下に作っておき、二、三日後に見にいくと、ごく稀に妙なものを見ることができる。階段に小さな足跡、そして頂上の鏡の上にも歩き回ったその足跡を……。

これは僕が小さな頃に流行った、「山鏡」と僕らが呼んでいた妖精の宿る神木を見つける方法だ。だがこれを試して噂通りの反応が起きたことはなかった。だがもっと妙な……明らかに妖精といったような可愛いものではなく、何か……、暴力的な反応を示したことがあった。

中学生の頃、僕は友人の下田と色々な山や神社へ行って、この「山鏡」を試してみたことがあった。場所によっては砂で山を作るのは大変だったが、確か七から八つは設置したと思う。そのうちの二つ、そう……、あるいわくつきの神社に作った山鏡と、あの「手作りの神社」の近隣、山奥の大木に設置したそれにはおかしなことが起こっていた。僕らはあの時、正直何か起こることを期待していたわけではなかった。子どもたちが秘密基地を作る時のように、その過程を楽しんでいたのだと思う……。だから実際に期待以上の結果を確認した僕らは、喜びよりも、不安と期待が入り交じった不思議な感覚だった……。

まず神社の木の下に作った山鏡には、一・五メートルほどの長さの枝が突き刺さり、鏡面が放射状に砕け割れていた。不思議なことに、直径十センチほどの小さな鏡、それに伴う砂山に枝が突き刺さったまま、倒れずに直立していた。

誰かの悪戯かとも思ったが、一つ、大いに僕らの不安を掻き立てるものがあった。その山鏡のちょうど背面に位置する大木の表面の皮が、乱暴に引き剥がされていた。直径でいうと三十センチほどの楕円形の大きな傷が一つ。そしてそこから上方へと、薄くなりながらも似たような傷が続いている……。なんと表現すればいいか、「何か重いものを引きずった時にできる傷」のような……。

しかし……木の表面を引きずって上に……？　あり得ない。またその傷は人間が素手でつけられるような代物ではない。巨大なペンチか釘でも刺さったハンマーで何度も叩いてできたような……。不思議なことにその残骸や木屑など、あたりには全く散らかっていなかった……。僕らは若かったからか、目の当たりにした神秘よりも、神社の宮司に見つかって怒られるほうが怖かったので、足早にその場を立ち去ったのだが……。

その後、幾つかの山鏡は異常がなく、幾つかは蹴散らされていたりしたが、山奥の大木に設置した山鏡には明らかに……恐ろしい……印……が刻まれていた。

まず僕らがその場所に到着し、山鏡を見る前から、明らかにおかしなことがあった。

大木の形がおかしい。

大木の上方の葉の繁り方が遠目の時点ですでに妙だった。近づくにつれ、わかったことは、大木の……、僕らから見て正面の上方の木の枝がほとんど折れていた……。真上から見ると、それはきっとパックマンのような扇形になっていたのだろう……。

異状はそれだけではなかった。木の表面が……かなり派手にえぐられていた。それは直径でいうと一メートル弱もあったろうか……、えぐられ、穴が開いたような傷跡の上方、また新しい……今度は小さめの傷が一つ……二つ……、右……左……と、交互にずっと続いていた。

だが…僕らの目を奪ったものはそれではなかった。山鏡を作った地面のほうだ……。その一メートル四方ほどの地面はまるで耕され、その後……土を盛ったように色が変わり、見るからに柔らかくなっていて……、その真ん中に……新しい巨大な山鏡が作られていたのだ……。だがその山鏡は僕らの作ったものとは少し違っていた。頂上の鏡は……剥き出しに置かれていて、何よりも土を盛ったその山は一メートルほどはあったろうか……、縦に長かった。不思議なことに、その鏡は僕が家から持ってきたものに違いないのだが……、鏡以外の部分が錆びついていた。金属が一日二日で錆びるものなのだろうか……。僕は恐怖よりも、不思議な気分で、木の傷跡やその土を見ていた。

その時、下田が、

「おい！　あれ！　なんや⁉」

と指をさして声を上げた。

その方向、僕らがいた位置よりも、山の少し下に位置する場所に……なぎ倒された木々……灌木が見え……まるで道のようになっていた……。

僕はそれを見た時に初めてほんのりとした恐怖を覚えた……。あの時、僕の頭に浮かんだ想像は……、僕らが作った山鏡の土の中から巨大で強力な力を持ったナニカが現れ、なぜかそのまま木を登り、そこから飛び降り、悠々と木々をなぎ倒しながら山中を歩いていくような……、そんなビジョンだ……。下田もそんなことを思ったのか、

「これ……。何かが通った跡よな……」

と言う……。

「ああ、たぶんな……。でも妖精ではなさそうやな。まずでかいし……」

「なんやろ……。行ってみるか？」

「ああ……。でもあんまり本気で行くのは止めよう」

今考えれば、熊の可能性があるのだが、大阪で熊など聞いたこともない……。

僕らはそのなぎ倒された道をゆっくりと進み始めた。そう……、それは最近できたはずの獣道なのに、容易に追跡できるほど、はっきりとしていた。つまり……それほど巨大で重いものが通ったということだ。

しばらく追跡を続けると浅い川に出た。川にも石を押し退けたような跡があった。それよりも……。

「臭い……」

そう、そのあたりには、川の上流から生臭い、嫌な臭いが漂ってきていたのだ……。悪臭はだんだんと強くなり、喉が痛くなるような吐き気を催すその臭いの正体が判明する時が来た。

悪臭をたどった先には小さな滝があった。滝の脇の岩は太陽光に反射してキラキラと光っていた。最初は水の反射だと思った……。しかし……その滝の脇の岩には……、突き刺さるように……、おびただしい数の魚の尾が生えていた。下田がそのうちの一尾を引っ張ると、それは魚の下半分だけだった……。反射していたのはその不憫（ふびん）な魚たちの鱗だった……。ほんのりした恐怖が真の恐怖に変わる。

「なんや……。これ」

「知らん……。帰ろう……！　早く！」

と言った時、滝の上方から、複数の鳥の声……、そしてそれらの飛び立つ音がした。

滝の上に……何かが……いる。

冷や汗がどっと出た。人形のようなぎこちない動きで、近くの岩場に隠れ、逃げる算段をする……。

逃げないと！

「メキメキ……ダッダーン！」

と、上方で木の倒れるような激しい音がした。

正体を見ようという考えは微塵も浮かばなかった。ただあの時、僕らが確信していたことは、見つかって捕まれば死ぬ！　あの可哀想な魚たちのように、ということだ。

焦る頭とは裏腹に、僕らはできるだけ音を立てないように……震える足取りでその河原を離れようとした。しかし河原から、元来た山中に入る瞬間、

「ビチャッ……ビチャッ……」

と何かが降ってきた。目をやると、それは……。

魚の上半身。

反射的に振り返り、滝のほうを見る。そして僕らは見た。滝の上から頭だけを出すように……、こちらを見る……、三角形の笠のようなものを被った巨大な影を……。

そこからは全力疾走で、僕らは転がるように山を逃げ降りた。途中、一度だけ後ろで大きな音が

したが構わず逃げた。結局、あれが何なのかはわからないが、後から下田が言うところによると、一つ目でお坊さんが着るような黒い着物（恐らく袈裟）を着ていたらしい…。

幸運にも無事に帰りついた僕らは、あの「山鏡の儀式」は妖精の有無を調べるだけではなく、どこからか未知の何かを呼ぶ方法なのではないか……と考えた。神の宿る木を神木と言うのなら、神以外の……もっと別の何かが宿る木があってもおかしくはないだろう……。もともと「山鏡」は、木に妖精が宿っているかどうかを、「足跡」という物理的な痕跡を通じて探る術(わざ)だ。ならば、その木に妖精ではなく妖怪が宿っていたとすると……、この山鏡の術により、それは実体化し、あの「木の傷跡」「哀れな魚の死骸」といった物理的な痕跡を残した……ということにはならないだろうか？そして一番の問題は……、実体化したあの「一つ目」は……ちゃんともともといた場所に帰ったのか、ということだ。

時は流れ、確か僕が大学生の頃、聞けば誰もが知っている最大手の新聞に、「奈良の金剛山に妖怪のびあがりが現る！」との記事が載ったことがある。それを見た僕は、こんな有名新聞社がこんな記事を出してもいいのか？　という思いと、こんな有名新聞社が言うのなら真実なのか？　という思い……、そして恐らく僕にしか思いつかないだろう想像……が浮かび上がった。

実は僕らがあの「一つ目」を見た山は、大阪と奈良の県境にある。妖怪「のびあがり」について調べてみると「見れば見るほど大きくなる妖怪」らしく、また、水木しげるさんの資料によると「入道」と呼ばれることもあると書かれていて、また彼の描く漫画に出る入道は巨大で一つ目で、着物を着ている描写が多い……。これらのことはあの時、下田が言っていたこととの一致が多いのだ。ひょっとすると僕らが「山鏡」で呼んでしまったあの巨大な「一つ目」は、あのまま奈良に行って、「のびあがり」と呼ばれ、今もどこかで……。

西洋都市伝説対狐狗狸(こくり)降霊法

　塾に山口陸という小学生の生徒がいた。彼は実験と称し、自身を実験台として学校の七不思議をはじめとする都市伝説の検証を行っていた。事前に「コックリさん」のような危険な都市伝説の実行予告をしてくれた時は、僕も本気で……、むしろ彼を脅してでも止めてきたのだが……、予告なく行われるそれに関しては止めようがない。事実、以前に彼は鏡を使った都市伝説の実験で、自己暗示にかかってひどい目に遭ったこともある。なので僕はいつも彼に、何かをする前には必ず僕に相談をしろ、と口うるさく言っているのだが……。

　そんな陸に、ある日、僕は妙な相談を受けた。

「また鏡に映った自分が何か言ってくるのか?」

「いや……これは違う……。もっとヤバい……」

「?」

「めっちゃ背が高くて、白い服着てて……、血だらけの女が立ってるねん……」

なかなかにおぞましい姿だ……。だがそれゆえに現実味がない。

「それが……いつ見える？」

「いつもやけどいつもじゃない……」

「？」

彼の話をまとめると、ふとした時に、ふとしたところに昼夜構わず、それが見えるらしい……。

「じゃあ塾でもか？」

「いや……塾では見たことはない……。やっぱ先生には敵わんからやろ……」

と、彼は言う。

「何か心当たりは？」

と聞くと、彼は少し考え込んだ後、

「……ない……」

と答えた。

「そいつが何かしてきそうなのか？」

「いや……ただ立ってるだけ……」

それはすぐに何かをしてくるような、切迫した雰囲気ではなさそうだ。つまり「何もしてこない幻」であり、またその恐ろしすぎる外見からして、やはり……錯覚か幻影だろう……。

そう考えた僕はとりあえず、「それは気のせいの可能性が高い」と彼に伝えたが、彼は、

「あれは絶対違う！」

と、頑として主張する。

「実在している根拠があるのか？」

と尋ねても、彼は少し考えた後、

「……ない」

と答えるが、やはりそれが実在しているという主張を変えない。僕は一応、彼が次に塾に来るまでに、その女が見えた場所、時間を記録するように伝えた。彼は怯えていたが、「それはすぐに何かをしてくるわけでもなさそうだ」と伝え、またあまりに彼が不安そうだったので、いつものお守りを渡すと、彼は落ち着いた様子を見せた。

どうせ気のせいだろうと高を括っていた僕だったが、四日後、彼が持ってきた、その記録をつけたノートの……量を見て、少しずつだが不安が募り始めた。数えてみると十二ページ。びっしりとではないが、一日あたり約三～四ページも記載されている……。ざっと目を通してみたが、学校、家、ショッピングモールなどと目撃した場所も様々だ。学校、ショッピングモールでは、トイレや窓の向こう側という記載が多く、家では窓際と洗面所……という言葉が多かった。

これは……何か規則性が……あるな。

と僕は思ったが、それが何なのかは具体的にはわからなかった。

「先生……あのな……。そいつな……。段々近づいてきてんねん……」

「いやいや……、よくある都市伝説じゃないんやから……」

と、そこで気がついた。彼の言うことは、よく耳にする都市伝説っぽすぎる……と。

こいつ……！　また何かわけのわからん都市伝説を試して、自分で暗示にかかったんじゃないか⁉

「陸。お前……、心当たりがないと言ったよな……」

「……うん」

注意して聞くと彼の返事は遅い。

やっぱり何かあるな。

「おい。お前、俺に言ってないことがあるやろ」

「……いや……ない」

「ならいいけど、もし何かあるのに言っていないのなら、俺でも助けられへんぞ」

と強めに言ってみると、陸は目に涙を溜めながら、何かを言う……。よくよく聞くと彼はこう言っていた……「ブラッディー・メアリー」と。

「ブラッディー・メアリー」……。ＴＶでよく紹介される西洋の有名な都市伝説だ。真夜中の午前零時に（諸説あるらしいが）、鏡の前で「ブラッディー・メアリー」と三回唱えると、「bloody（血塗れ）Mary（メアリー）」が現れるという……。

「なるほど……あれか……。あれをしたんやな……？」

と尋ねると、彼は泣きじゃくりながら首を縦に振った。以前、彼の、鏡を使った都市伝説検証事件の時に、僕は陸を暗示にかかりやすいタイプの人間だと判断した。僕があの時、彼に「こういう実験はするな」と強めに言っていたからこそ、素直にこのことを僕に言えなかったんだろう……。と納得すると同時に、今回も暗示だろう……と思ったが、何か違和感があった。とりあえず僕は陸に、

「だからやるなって言ったやろ。でもまぁ……、よく勇気だして今、俺にそのことを言えたな……」

と諭すと、

「めっちゃ怒られると思った……」

と、彼は驚いたように僕を見た。

はは、泣くほど僕が怖いなら、これ以上怒る必要はないな……。だが…今回はどうやって暗示を解こうか…？

何もいい方法が頭に浮かばない……。

とりあえずただの暗示だろうから、現実には何も起きないと思うが……、近づいてくる……か……。たとえ暗示であっても、それが近づいてきて、万一それに捕まったならば、彼は一体どうなるのだろう……？

僕の頭に嫌な想像が浮かんだ。強力な自己暗示は……自分自身を蝕み、殺してしまうことがある。

「コックリさん」がいい例ではないか。

コックリさんか。

あまり気が進まないが、次の生徒が来るまで時間もないし「コックリさん」を使ってみるか。

その時、僕は実に楽観的に、この古くから伝わる降霊法を利用することにしたのだ。とりあえず、「コックリさん」は正式な手順を踏まない限り、また強い霊感を持つ者が行わない限り、ほとんどが自己暗示だと言われている。それを認識している僕なら、暗示にもかからないだろう……。つまり、僕が十円玉を移動させ、もともといるはずもない「ブラッディー・メアリー」が退散したように見せればいい。僕はそう思っていた。先刻、覚えた違和感を忘れたまま……。

計算用の裏紙に五十音を書き、十円玉を取り出す。

「先生。これって……」

あからさまに不安気な陸に、

「そうや……。直接話してみる……。大丈夫。俺がいる」

と諭し、僕らは五十音に十円玉をおいた。

昔、何度か酷い目に巻き込まれた「コックリさん」。自発的にこれを行ったのはこれが初めてだったかもしれない……。十円玉に指を置く時に少し緊張した。陸の指も震えていた。

正直なところ手順もあまり覚えていなかったが、全く適当に、「陸に憑いているブラッディー・メアリー、陸から離れなさい」そんな感じで僕は口を開いたと思う。そして僕はゆっくりと十円玉を動かした。あとは、上手く退散したことにすればいいのだ。

途中までは上手くいっていた。しかし次に起こったことが衝撃的すぎて、僕がまことしやかに何を言い、陸を納得させようとしたのかは覚えていない……。ご想像の通り……、急激な室温低下とともに、十円玉が勝手に動き始めたのだ。その十円玉はなんと……五十音の紙の外側に……走った。

真っ青な顔をした陸は、すでに十円玉から指を離していたが、僕の指は離そうとしても離れなかった。指は十円玉と一体になってしまったかのように……、凍りついたかのようにチリチリと痛み、また誰かに手首を両手で押さえつけられているかのように……、僕の手は……引っ張られた……。

考えてもみなかった異常な事態、僕の額に汗が浮かんだ……。そのまま十円玉は机を滑り、昨夜使用したまま机の上に出しっぱなしにしていた英語のプリントの上を……走り回った。何度も意味不明に思える幾何学的な動きをしていた十円玉だったが、何度目かの動きで、プリントに記載されている英単語を指していることに気がついた。

『I SEE』

僕は呟いた。十円玉はどうやら、その単語を指しているようだった。

『I see』。「わかった」……だと……？　何がわかったんだ……!?

僕がそう呟いた直後に、十円玉はまた違う動きを始めた。まるで他人の手のように、非常に正確に、そして素早く機械的に同じ動きをする僕の左手は、

『LL FOLLOW YOU』

と指した。僕は右手で単語を書き取り、直訳すると、

『LL follow you』（LL はあなたについていきます）

となる。

僕がまたその英語を呟いた直後、僕の指は弾かれたように離れ、十円玉もまた机の下に落ちた。

恐怖で涙目になっている陸。驚きで声が出ない僕……。髪の毛が額に貼りつくほどに、汗でびっしょりな自分がいた……。

「先生……、大丈夫……？　なんやったん……？」

と泣きじゃくりながら尋ねる陸を見て、僕はかろうじて、

「大丈夫。アイツはお前から離れた。心配ない……」

と言えた。それはあながち嘘ではない……。僕が言った「陸から離れなさい」に対して、それは「I see」（わかりました）と言ったのだから……。

半泣きのまま、その日、帰路についた陸だったが実際、彼はこれ以来、「血塗れの女」を見なくなった。そしてこの事件で相当懲りたのか、この後、彼が自ら進んで都市伝説の実験をすることはなくなった……。

僕は心底思った。陸に何もなくて、本当によかった……と。また軽はずみにコックリさんを行った自分を反省した。「LL follow you」のLLが何かはわからない。だが……、その次が……実に嫌な文だ。「あなたについていきます」って……？

駄目だ！　考えるな！　僕自身が自己暗示にかかってしまう！　忘れろ！

自分にそう言い聞かせていた時点で、僕はもう自己暗示にかかってしまっていたのかもしれない……。

それからほどなくして、僕の左手は勝手にペンで字を書くようになった……。常にではない……。また異常は左手だけで、仕事中に動くことはなかったが、授業終わりなどのふとした時に、僕の左手はペンを持って、汚い字で改行なく英語を書いた。例えば、

『Hellomyname'skellysmith.Iwannabeurfriend』

（こんにちは。私の名前はケリー・スミスと言います。私はあなたと友達になりたい）

突拍子で意味不明だ。ちなみに僕の左手は毎回、違う人物を名乗り、性別も出身地も様々だったが英語を書いた。僕は気味の悪さよりも、自己暗示に対する恐ろしさのほうが強く、近く、少し足を伸ばして、暗示を解くことができるような大きめの、精神科を含む総合病院の受診を考えていた。

そんな時、僕の左手が書いたある文に目がいった。

『Die die die! i'm god youve got carried away! You die in two weeks』

（死ね死ね死ね！ 私は神だ。Youvegotcarriedaway お前は二週間後に死ぬ）

僕は驚いた。僕の左手は基本的にこのような不吉な文を書くことはなかったからだ……。

そしてこの『youve got carried away』。長年英語を教えてきて、オーストラリアに留学までしていた僕なのに、辞書を使っても和訳ができなかった。使われている単語だけみると、中学英単語だったので、最近生徒に教えた単語が、僕の深層心理内で無作為に選ばれ、適当に書かれているのかとも思った。しかし文が文だけに気になった僕は、かなりの長期間アメリカに留学していた友人に尋ねてみた結果、恐ろしいことがわかった。

『youve got carried away』（お前は調子にのり過ぎた）

これは辞書には載っていないような……スラングと呼ばれる俗語だった。つまり僕の左手は僕が知らない……、不吉極まりない言葉を書いたのだ……。それを聞いた後、僕は恐怖におののき、これは病院の範疇ではない……とやっと気がついた。僕はそっと上着にいつも入れてあるはずの六地蔵の寺のお守りに手を伸ばした……が見当たらない……。

あ……そういえば陸に渡したままだった。

と、その時に、僕はあの時に覚えた違和感の正体に気がついたのだ。

ブラッディー・メアリーが暗示ならば、僕の渡したお守りだって、強力な暗示ではないのか？　ならばお守りを渡した時点で、陸の暗示が解けてもいいはずだ。だが、その後にも、その女は……消えるどころかむしろ近づいてきている、と彼は言った……。

また、自身の知らない言葉は暗示では書けない……。

「死ね！　死ね！　死ね！　私は神だ。お前は調子に乗りすぎた。お前は二週間後に死ぬ！」

絶望よりも、何よりも、僕は恐ろしかった。左手は常に自身とともにある……。ということは、僕は「僕の命を狙うわけのわからないモノ」と常にともにいる、ということと同意義ではないのか⁉　僕は精神科を受診する気はなくなった。しかし僕が精神科を受診する必要性が生まれたとするならば、たぶんこの瞬間だったのだろう……。考えた末に僕が次にとったのは、ある意味では納得できるが、いわゆる「普通ではない」行動に他ならないものだったから……。

いてもたってもいられなかった僕は、塾終わりにそのまま、真夜中の山に向かったのだ。バイクの運転中、特に左手に注意しながら、六地蔵の寺を目指して……。

この頃はまだ柊とも出会っていなかったので、僕が頼れるのは、いつもの六地蔵しかいなかった。真っ暗で電灯すらない寂しい山道を、塾から持ってきた災害用の懐中電灯だけを頼りに一人で登ったが、その時の僕には暗闇に不安を感じる余裕すらなかった。

到着すると、僕は懐中電灯の明かりを頼りに、挨拶もさることながら、塾を出る前にあらかじめ用意してきた新品の……、五十音の書かれた……コピー用紙を六地蔵の前に広げた。もうおわかりだろう……。僕は真っ暗な山中、六地蔵と「コックリさん」を用いてコンタクトを図り、僕の左手に憑くものを退散させようとしたのだ。

お地蔵さんなら……なんとかしてくれる。

そう考えた僕は、「先生ならなんとかしてくれる」と考えた陸と、同じなのかもしれない……。

僕は何一つ迷うことなく、あの時の十円玉を五十音の上に置き、普通に語りかけるように、

「こんな夜中にすいません……。お地蔵さん。またなんか妙なモンが憑いてるのかも知れません。どうか助けてやってくれませんか……」

と言った……。少しの沈黙の後、少し離れたところから「バキーン」という鈍い金属音に似た音がして、紙の下が土なのにもかかわらず、実に滑らかに十円玉が「Yes」に動いた。

はは……よかった。

と思ったのも束の間、その直後、僕が来た真っ暗な道のほうで、怪しい物音、真夜中なのに鳥の

声、そして、

「ボトボトボトッ」

と高所から液体が落ちるような音がした。反射的に振り向いたが、何も見えない。目を凝らしても、闇以外に何も見えない……。

「パキッ…バキッ……」

真っ暗闇の僕が来た道の方向から木の枝が鳴る音がした……。いや……何かが……、枝を踏んで……近づいてきている……のか？　僕はしゃがんで十円玉に指を置いたままの姿勢で固まっている……。嫌な想像が頭をよぎる……。僕は音がする方向など、もう見ることができなかった。

さっき……「Yes」と応えたのは……。

「パキッ…ガサ……」

僕の後ろで、また音がした。さっきよりも近くなっている……。

本当に……。

先刻までバキバキ鳴っていた枝の音も、不自然なほど、唐突に聞こえなくなった。後頭部に拳銃を突きつけられているかのような緊張感……。

お地蔵さんなのか⁉︎

僕は何もしていないのに、すでに息も絶え絶えになっていたが、自分のそれとは別……、たぶん女性の、息遣いが僕の後頭部の上から聞こえてくる……。

間違いなく……、何かが……僕の……すぐ後ろに……いる。

「動くな」とも言われていないのに、体が動くことを拒否する……。僕は体中に汗をかいていたが、この時のようにシャツの袖を伝って汗がポタポタ落ちるのを感じたことはない。僕はこの時、なぜだかわからないが、「喰われる……」と感じていた。これは天敵に遭遇した時の「捕食される側」の気持ちなのかもしれない……。

「サッサッサッサッ……」

静寂の中に紙を滑る音。この強力な金縛りを解いたのは、皮肉にも今回の元凶とも言える、「コックリさん」の十円玉だった。動かない体、自分の意思とは無関係に動く左腕、僕は固まったまま目だけでそれを追っていた。


『お』

『そ』

『れ』

『る』

『こ』

『と』
『は』
『な』
『い』

『おそれることはない』

あまりに極限状態だった僕は、即座にこの言葉の意味が理解できなかった。僕の頭の上から、鼻で荒く息をするような……そんな息遣いが聞こえ……頭を鷲掴みにされているような、そんな絶望的なイメージが浮かぶ……。僕はもう十円玉を見ることぐらいしかできなかった。

『わ』
『れ』
『ら』
『が』
『あ』

『る』

『われらがある』

突然の洗練された「シャン」という金属音とともに、鷲掴みにされていた僕の頭が解放された……。だが依然として、その獣のような気配は……包み込むように僕の背中から、頭の上にかけて存在していた。だが……それは僕を通り越して、目の前にある六地蔵と対峙しているように思えた。再度「シャン」という金属音と同時に、先刻の「バキーン」という音が真夜中の山中に響き渡った。その数瞬後に、僕の後方の竹藪のあたりで、「バキバキッ」という遠ざかって行く音が聞こえた……。反射的に、金縛りが解けた僕が振り向いて見たものは、竹藪を両手で押し広げるようにして闇に消えようとしている、かなりの高身長の、白いワンピースを着て……、巨大な捻じ曲がった二本の角を持つ……、二足歩行の「水牛」か「山羊」か何かそんなモノの後ろ姿だった。

あれは……何だ！

と思ったのは、落ち着いてからの話だ。その時の僕にはそんな余裕さえなかった……。「地蔵菩薩」の降臨によって、僕は救われたという実感が湧くまでにも、それなりの時間が必要だったのだ。

放心状態だった僕が、夜風の寒さに正気を取り戻した時には、まだ十円玉に指を置いたままだった。一応の手順として、「コックリさん」を終える際には、その礼と「お帰りください」という言葉が必要だ。そうしなければ呪われるという。だが僕はそれを全く無視して、六地蔵の前に深々と頭を下げ、感謝の意を述べた。呪われるわけがない……。僕はこの、いつも救ってくれる大いなる存在の前でそう確信していた。その後、気分が落ち着き、僕が五十音の紙と十円玉を片づけようとした時に、その日は焦ってきていたので、お供え物を持っていないことに気がついた。

「すいません、お地蔵さん。今日はお供え物がない。でもまたすぐに今日のお礼もかねて持ってきます。ほんま、いつも助けてもらってばっかりで……。何が好きですか？　何でも持ってきますよ……」

と声に出して聞いたが、やはり返事は聞こえなかった……。

結局、あれが何かはわからない。

「英語を使って意思疎通をしようとする」

「あの日本では見られにくい風貌」

からして、やはり西洋の雰囲気がするのだが、少し西洋的すぎるのだ。それ故に僕の自己暗示の可能性も捨てきれない。「お前は調子にのり過ぎた」の文がなぜ、それを知らなかった僕に書けたのかを理論的に説明さえできたなら、この話は地蔵菩薩の件を含めて、僕が自己暗示にかかったと説明がつくことが多い。一つ気になることがあるとすれば……、僕の潜在意識が「ワンピースを着た牛」を想像するのだろうか……という点くらいか……。

ではオカルト的に考えてあれが都市伝説に名高い「ブラッディー・メアリー」なのだろうか？　いや……、それもない……ような気がする。後から考えたのだが、陸は霊的に鏡を使うことに才能があったのかもしれない。古代より呪法や神社のご神体には鏡が使われることが多い。それは日本、アジアだけにとどまらず、有名どころで言えば、白雪姫の魔女も鏡を使っていた。才のある者が鏡を使えば、どこからか何か、思うものを喚べるのかもしれない……。今回、陸は西洋の都市伝説の「ブラッディメアリー」を思い、試してみた。実際の「ブラッディー・メアリー」などはどうでもいい。いないモノはいない。しかし、それに類似した何かが反応を示し、また陸の思考に同調して、奇怪な女の姿をとって、ゆっくりと彼を蝕みつつあった……。とまぁ……そんな感じで想像力を膨らませれば切りがないが、事実でも、暗示でも、いつものように「お地蔵さん」に助けられたことだけは間違いない。

その次の休みに僕は酒と大量の桜餅を買い、山に登った。抜けるような青空の下、いつものように掃除をして、それらを供え、手を合わせ感謝した。

ん？　なぜ桜餅って？

それはあの夜、お供え物を忘れてきたと気がついて尋ねた時に、耳に聞こえる返事はなかったが、十円玉で返事をくれたからだ。紙を折り曲げ、片づけようとしている時に、十円玉が「さ」の文字に貼りつくように、不自然に止まっていた。少し不安に思いながらも、指を置くと、「さくらもち」と指したのだ。笑った。笑って「わかりました」と答えた。少し照れたようなお地蔵さんを見て、僕はあんな「牛」の化け物など最初からいなかったかのように思えた……。

ふと見上げると大阪から見えるのかと思うほどの満天の星。僕の左手は二度と勝手に動き出すことはなかった。

〈著者プロフィール〉

六幻地蔵（むげんじぞう）

個別指導塾経営者。生徒や自身の不思議な経験をもとにした作品を、アメブロの「先生の本当にあった怖い話」にて掲載中。月額サイト「先生の本当にあった怖い話」でも、一部エピソードを配信している。猫好き。

アメブロ：https://ameblo.jp/hundredsun0300/

屍春期 先生と生徒の奇怪な体験

2019年12月24日第1刷

著者　六幻地蔵
発行人　山田有司
発行所　株式会社　彩図社（さいずしゃ）
〒170-0005
東京都豊島区南大塚3-24-4　MTビル
TEL 03-5985-8213　FAX 03-5985-8224
URL：https://www.saiz.co.jp
Twitter：https://twitter.com/saiz_sha
印刷所　シナノ印刷株式会社

ISBN978-4-8013-0418-5　C0095